光文社文庫

長編時代小説

愛憎

吉原裏同心(15)

決定版

佐伯泰英

KOBUNSHA

JN020605

光 文 社

目次

第一章　土俵入り……11
第二章　仙台坂の怪……72
第三章　飛び道具……137
第四章　小花の頑張り……200
第五章　左吉危うし……264

新吉原廓内図

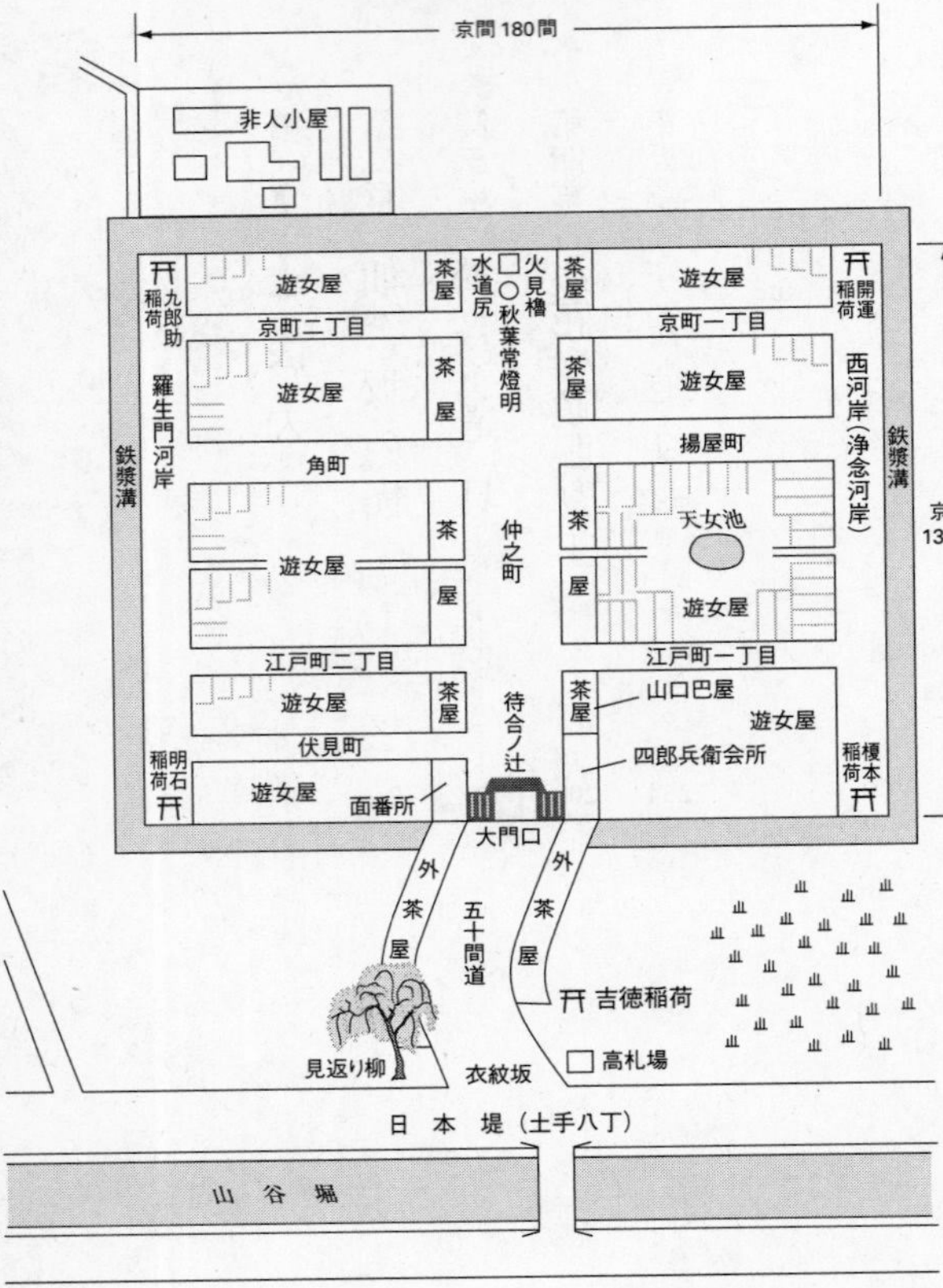
京間180間
非人小屋
稲荷
九郎助
遊女屋
茶屋
水道尻
火見櫓
秋葉常燈明
開運
稲荷
京町二丁目
京町一丁目
羅生門河岸
西河岸（浄念河岸）
鉄漿溝
揚屋町
角町
天女池
仲之町
京間
135間
江戸町二丁目
江戸町一丁目
山口巴屋
待合ノ辻
伏見町
明石
稲荷
四郎兵衛会所
榎本
稲荷
面番所
大門口
外
茶
屋
五十間道
吉徳稲荷
見返り柳
衣紋坂
高札場
日本堤（土手八丁）
山谷堀

北
東
南
西
荒川
千住大橋
千住道
鐘ヶ淵
隅田村
隅田川
田端
駒込
日暮里
三河島
谷中
小塚原
日本堤
金杉上町
新吉原
鷲神社
山谷堀
今戸町
今戸橋
浅草寺
千駄木
白山
下谷
東叡山寛永寺
根津権現
本郷
中堂
不忍池
御薬園
小石川
伝通院
幡随院
広徳寺
阿部川町
東本願寺
新堀川
浅草花川戸町
吾妻橋
竹町ノ渡
田原町
三間町
並木町
駒形堂
蔵前
菊坂町
池之端仲町
下谷広小路
湯島天神
御徒町
春日町
水戸徳川家
牛込
神田明神
外神田
向柳原
森田町
御米蔵
石原町
神田川
神楽坂
牛込御門
小石川御門
水道橋
天王町
浅草橋
柳橋
御竹蔵
南割下水
昌平橋
筋違御門
和泉橋
柳原土手
両国広小路
両国橋
回向院
本所
番町
田安御門
俎板橋
雉子橋御門
一ツ橋御門
神田橋御門
内神田
馬喰町
市谷
市谷御門
清水御門
竪川
小伝馬町
今川橋
日本橋
新大橋
常盤橋御門
北町奉行所
室町
江戸橋
小名木川
麹町
江戸城
半蔵御門
呉服橋御門
日本橋
南茅場町
仙台堀
深川
材木町
西之御丸
南町奉行所
鍛冶橋御門
京橋
組屋敷
八丁堀
永代橋
富岡八幡宮
桜田御門
霊岸島
赤坂御門
永田町
数寄屋橋御門
西本願寺
石川島
越中島
山王日枝神社
新橋
築地
溜池
幸橋御門
汐留橋
佃島

『愛憎』主な登場人物

神守幹次郎……豊後岡藩の馬廻り役だったが、幼馴染で納戸頭の妻になった汀女とともに逐電の後、江戸へ。吉原会所の七代目頭取・四郎兵衛と出会い、剣の腕と人柄を見込まれ、「吉原裏同心」となる。薩摩示現流と眼志流居合の遣い手。

汀女……幹次郎の妻女。豊後岡藩の納戸頭との理不尽な婚姻に苦しんでいたが、幹次郎と逐電、長い流浪の末、吉原へ流れつく。遊女たちの手習いの師匠を務め、また浅草の料理茶屋「山口巴屋」の商いを手伝っている。

四郎兵衛……吉原会所の七代目頭取。吉原の奉行ともいうべき存在で、江戸幕府の許しを得た「御免色里」を司っている。幹次郎と汀女を吉原に迎え入れた後見役。

仙右衛門……吉原会所の番方。四郎兵衛の右腕であり、幹次郎の信頼する友。

玉藻……四郎兵衛の娘。仲之町の引手茶屋「山口巴屋」の女将。

三浦屋四郎左衛門……大見世・三浦屋の楼主。吉原五丁町の総名主にして四郎兵衛の盟友であり、ともに吉原を支える。

薄墨太夫……吉原で人気絶頂、大見世・三浦屋の花魁。吉原炎上の際に幹次郎に助け出され、その後、幹次郎のことを思い続けている。幹次郎の妻・汀女とは姉妹のように親しい。

身代わりの左吉……罪を犯した者の身代わりで牢に入る稼業を生業とする。裏社会に顔の利く幹次郎の友。

村崎季光……南町奉行所隠密廻り同心。吉原にある面番所に詰めている。

柴田相庵……浅草山谷町にある診療所の医者。お芳の父親ともいえる存在。

お芳……柴田相庵の診療所の助手。仙右衛門とは幼馴染の間柄。

おりゅう……吉原に出入りする女髪結。幹次郎と汀女の住まう左兵衛長屋の住人。

政吉……会所の息のかかった船宿牡丹屋の老練な船頭。

愛憎——吉原裏同心（15）

第一章　土俵入り

一

　その年の仲冬《ちゅうとう》（陰暦十一月）、仙台伊達《せんだいだて》藩の抱え力士の大関谷風梶之助《おおぜきたにかぜかじのすけ》と久留米《くるめ》藩有馬《ありま》家抱え力士の関脇小野川喜三郎《せきわけおのがわきさぶろう》が相撲之司吉田追風《すもうのつかさよしだおいかぜ》から横綱《よこづな》免許を初めて与えられた。

　そのことを祝い、深川八幡《ふかがわはちまん》（富岡八幡宮《とみがおか》）の境内の土俵《どひょう》で二力士が腰に注連《しめ》縄《なわ》を巻いて四股《しこ》を踏んだ。

　城や武家屋敷を建てるとき、地鎮祭《じちんさい》に相撲の最高位の大関などを呼び、四股を踏ませて地固めをする風習があった。それを相撲の行事の中に取り入れて土俵上で行わせ、相撲人気を煽《あお》ろうと考えた者らがいた。

相撲之司の吉田司家だ。

その企《くわだ》てがまんまと当たった。ふたりが四股を踏むたびに腰に巻かれた注連縄が揺れて大歓声が境内に木霊《こだま》した。

力士が締める注連縄は、

「横綱」

と呼ばれていたが、それが尊称《そんしょう》となったものである。

むろん大相撲力士の最高位は大関であり、次席は関脇である。横綱は大関、関脇の土俵入りに際しての呼び名に過ぎず、力士の序列である番付《ばんづけ》とはなんら関わりがないものであった。そこに吉田司家が目をつけ、横綱免許を与える企てをしたのが見事に当たった。

以後、横綱をつけての土俵入りは相撲景気を煽り、寺社の建立《こんりゅう》や修復の資金を集める名目でしばしば行われるようになり、横綱という地位が段々と権威化《けんいか》して独《ひと》り歩きを始めることになる。

とまれ、いささか先走り過ぎた。

この年、寛政《かんせい》元年（一七八九）十一月の時点では注連縄をつけての土俵入りは、「見世物《みせもの》」

に過ぎなかった。それでも見物人はやんやの喝采《かっさい》を送り、大歓声を上げて満足した。

そんな上気《じょうき》した雰囲気の中、谷風と小野川がゆっくりと花道《はなみち》を引き揚《あ》げていく。すると興奮した観客たちがふたりの力士の朱に染まった肌《はだ》に触れたり、叩いたりして見送った。中には騒ぎの中で注連縄の御幣《ごへい》を引きちぎる不届き者まで現われた。

ふたりの力士が見物人の視界から深川八幡の社務所《しゃむしょ》に消えたあと、急に境内に弛緩《しかん》した空気が漂った。

ふううっ
と神守幹次郎《かみもりみきじろう》の傍《かたわ》らで溜め息を吐《つ》いた人物がいた。

吉原会所《よしわらかいしょ》の七代目頭取四郎兵衛《とうどりしろべえ》だ。

幹次郎と番方《ばんかた》の仙右衛門《せんえもん》は四郎兵衛に誘われて深川八幡にやってきた。

幹次郎は谷風や小野川の名は知っていたが、力士を見るのも初めてなら、四股による地固めの行事がこの世に存在し、地鎮祭の折りなどに催されることも知らなかった。

「頭取、力士はさすがに大きい体をしておりますな。四股を踏むたびに力が全身に漲《みなぎ》ってそれが地面に伝わるのがわかる、それにさ、朱に染まるもち肌がなんともいえませんや。こりゃ、男たちが興奮するわけだ」

仙右衛門も相撲を見物するのが初めてだったらしく、上気した声で言ったものだ。

「番方、この土俵入りを女衆《おんなし》に見せてごらんなされ、連《つ》れの男なんぞそっちのけで力士に人気が集まりましょうな。世の男どもは殿様だろうが分限者《ぶげんしゃ》だろうが力士にかかってはかたなしです」

「おやおや、そんなわけがあって相撲見物は男衆《おとこし》ばかりと決められたわけですかえ」

「相撲の番付を見てごらんなされ、番方。東西に分けられた力士名の真ん中に、蒙御免《ごめんこうむる》と大文字が書かれていましょうが、あれは寺社の建立や修復に際して境内を使わせる勧進《かんじん》相撲の興行を寺社奉行が許しますという意味でしてな。ひと場所晴天十日にかぎり許されますが、女衆の立ち入りは禁じられているのですよ」

「へえ、蒙御免にはそのような意味が込められておりましたので」

と仙右衛門が言い、四郎兵衛が、

「神守様は相撲には興味が湧きませんかえ」

「いえ、これまで素人《しろうと》相撲は見たことはございましたが、江戸相撲の大関、関脇を見て、これはなかなかの見物《みもの》だと感心して言葉もございませんので」

ふっふっふ
とふたりを誘った四郎兵衛が満足げな笑いを浮かべて、

「土俵入りに興奮して喉《のど》が渇《かわ》きましたな。門前町《もんぜんちょう》の魚料理屋で喉を潤《うるお》して参りましょうかな」

と腹心《ふくしん》のふたりを知り合いの魚料理屋に誘った。

「おや、吉原の頭取、お珍《めずら》しゅうございますな」

料理屋の下足番が如才《じょさい》なく迎え、奥から女将《おかみ》が飛んできて、

「七代目、ささっ、こちらへ」

と堀が見下ろせる二階座敷に三人を案内していった。

「本日はお参りにございますか。御用ではございますまい」

「女将さん、吉原はこのところ静かなものでな。こうして私の腹心のふたりを伴《ともな》い、谷風と小野川の土俵入りを見物に来たところですよ。大関、関脇の朱に染まる体を見たら、喉が渇きました。旬《しゅん》の魚で一杯呑ませてくだされ」

と四郎兵衛が鷹揚《おうよう》に注文した。

「はいはい、この冬は鮟鱇《あんこう》が実に美味にございまして、鮟鱇鍋などいかがにございますか」

「鮟鱇ね、ようございますな、賞味してみましょうか」

と四郎兵衛が応じた。

十一月、鷲《おおとり》神社の酉《とり》の祭《まち》（酉の市《いち》）で吉原も賑《にぎ》わうが、十七、八日に水道尻《すいどじり》に鎮座《ちんざ》する秋葉大権現《あきばだいごんげん》の祭礼が終わると、吉原は師走《しわす》を迎えるばかりで正月の仕度に追われる。四郎兵衛らは多忙な合間に息抜きに深川八幡に出かけてきたのだった。

「番方、今年もひと月とわずか、そろそろ師走を迎えます」

「いかにもさようで」

と番方が当たり障《さわ》りのない返答をした。

「箸《はし》の有るだけ書いて出す暮れの文《ふみ》」

極月《ごくげつ》（陰暦十二月）は馴染《なじみ》の客に年末年始の無心《むしん》を願い、正月二日の買い初《ぞ》めの客をなんとしても確保するために誘いの文を書く。川柳《せんりゅう》の冒頭の箸の意は、馴染になった証《あか》しに妓楼《ぎろう》が用意している客一人ひとりの箸のことだ。箸の数だけ遊女には馴染客がいることになる。

「番方、そのようにのんびりしたことでよいので」

「えっ、七代目、なんぞ手抜かりがございましたかな」

仙右衛門が慌《あわ》てた。

四郎兵衛の視線が幹次郎に移り、どうですねという無言の問いかけをなした。

「仙右衛門どの、四郎兵衛様が申されるのは御用のことではございますまい」

「御用ではないので」

いよいよ仙右衛門が首を捻《ひね》った。

「お芳《よし》さんと所帯を持つ話はどうなっておるかと、七代目は尋《たず》ねておられるのではございませんかな」

「まさかお芳とわっしの話ではありますまい」

仙右衛門が四郎兵衛を見た。

「番方、秋葉大権現の祭礼のあと、柴田相庵《しばたそうあん》先生と会いましたらな、番方はお芳さんをもらう気があるのかないのか、ないならば別口に当たるようなことを言い出されましてな。吉原会所が御用御用と次から次へと追い立てるので、所帯を持つ話などする余裕がないのではないかと、えらい剣幕《けんまく》で私が叱られました。そこでな、横綱の土俵入り見物にかこつけて、かような席を設《もう》けましたのですよ」

四郎兵衛が相撲見物とは別の用事があったことを告げた。

「七代目、えらい迷惑をかけて申し訳ございません。なにも柴田先生、七代目に掛け合わなくてもいいんじゃございませんか。こっちに話を持ってくれば済むことだ」

「柴田先生は何度も番方に言うたと申されておりましたぞ。うちは大事なお芳を嫁《よめ》に出すのだ、そんないい加減な奴なれば嫁になどやらぬとえらく立腹でしたよ」

「そいつは困った」

「なにか不都合なことがありますので」

「七代目、わっしにはなにも」

「ない、と申されるのですね。ならばお芳さんが嫌だと言われるか」

「いえ、それはねえと思います」

「なんともじれったい話だね、そう思いませんか、神守様」

四郎兵衛が話の矛先《ほこさき》を幹次郎に向けた。

ですね」

「なんぞ胸の中にございますならばこの際です。四郎兵衛様に打ち明けてはどう

ふうっ

仙右衛門は大きな溜め息を吐いた。

「まさか相撲見物からわっしのことへ話が飛ぶとは考えもしませんでした。七代目と神守様に睨《にら》まれては逃げ場所もない」

仙右衛門がぼやいた。

「いえ、七代目、お芳もわっしも吉原生まれの吉原育ちにございますよ。惚《ほ》れたなら惚れたで、明日にもくっつき合うのが似合いのふたりにございます」

「ならばそうしなされ」

「へえ、わっしもお芳も所帯を持つことに異存はございません」

「だが、なんぞ胸の中に蟠《わだかま》りがございますので」

幹次郎が仙右衛門に問うた。

「七代目に説明の要もないが、わっしの先祖が吉原に流れついたのは三代前の曾《ひい》祖父様《じいさま》の代だったそうで、むろんわっしは曾祖父様を知りません。七つだったわっしの祖父様の手を引いていたそうな。妓楼の使い走りでなんとか生きながらえ

て、人並みの暮らしができるようになったのは親父が会所の若い衆《わかいし》になったあとのことでございました」

「番方の曾祖父様は私も知りません。じゃが、祖父様の大吉《だいきち》さんはなんとなく覚えております」

「へえ、葛西村《かさいむら》から下肥《しもごえ》を汲《く》みに来る百姓衆の廓内《くるわうち》案内人みたいなことで、暮らしを立てていたと聞いております」

仙右衛門の言葉に四郎兵衛が頷《うなず》いた。

「親父が死ぬとき、わっしに、うちの出は下野今市《しもつけいまいち》外れの沓掛《くつかけ》、菩提寺《ぼだいじ》は寮泉寺《りようせんじ》と言い残しましたので。曾祖父様がなぜ七つの祖父様の手を引いて沓掛を出たのか知りません。ですが、曾祖父様も祖父様もいつの日か沓掛に戻りたい、墓参りがしたいと願ってきたようで、うちの親父に言い残したのでございましょう」

「番方、そなたはお芳さんと一緒に沓掛村に戻りたいと言いなさるか」

「いえ、そうじゃございませんので。わっしもお芳も生粋《きっすい》の吉原っ子と思うて、生きて参りました。いえね、贅沢《ぜいたく》な願いとは承知でございますが、曾祖父様と祖父様が戻りたいと願った沓掛の寮泉寺に位牌《いはい》を持っていき、供養をしてもらうことができないかと思うておりますので」

「墓参りをして気持ちをすっきりとした上でお芳さんと所帯を持ちたいと言いなさるか」

「七代目、忙しい暮れになにを戯言《ざれごと》をと叱られそうだが、そんなことを思うているうちについお芳とのことが後回しになったのでございますよ」

「番方、このこと、お芳さんはご存じか」

「いえ、知りません」

幹次郎の問いに仙右衛門が答えた。

「番方、お芳さんが許してくれぬと思われますので」

「話せば一緒に墓参りがしたいと言うかもしれませんや。だが、わっしにもお芳にも勤《つと》めがございます。そんな悠長《ゆうちょう》なことは言うていられません」

「番方、話は分かった」

四郎兵衛が言い切った。

「祝言《しゅうげん》を年の内、そうじゃな、張見世《はりみせ》も休みに入る二十日になされ。番方にもお芳さんにも身内はいない、祝言の席にはここにいる神守様と汀女《ていじょ》先生、それに柴田相庵先生と十人も集まればよいのかな」

師走、吉原では十三日に煤払《すすはら》いが行われ、二十日前後に餅《もち》つきが来て、二十日を過ぎると張見世も休みで正月明けの商《あきな》いのために精《せい》を出す。それが遊女の文書きだ。

「へえ、ご大層《たいそう》なくらいでございます」

「ならば柴田相庵先生には私から話をつける。いくらふたりが吉原者《もん》といっても、吉原で祝言というわけにはいきますまい。祝いの場は料理茶屋山口巴屋《やまぐちともえや》でどうですね」

「わっしらには贅沢過ぎます。ふたりだけで鷲神社にお参りに行けば済むことですよ」

「お芳さんの親代わりの柴田相庵先生の手前もございます。それに吉原会所の番方がくっつき合いでは困りますでな」

四郎兵衛が言った。

「住まいはどうなされますな」

「相庵先生の敷地に離《はな》れ屋がございますが、先生は常々そこに住めとお芳を口説《くど》いておるようです。お芳も父親のように慕《した》う相庵先生の傍《そば》で所帯を構えることに異はないようですが、わっしの立場を考えて会所の長屋でも構わないと言うてくれております」

「なにも会所の長屋に住むことはありますまい。相庵先生の下で当分お芳さんは今のままに勤めをされるつもりでしょう。吉原とは遠くもなし、番方があちらに行けばよいことです」

四郎兵衛があっさりと言ってのけた。

「へえ」

仙右衛門が畏《かしこ》まったところに酒と七輪《しちりん》、鮟鱇鍋の具材が運ばれてきた。

「番方とお芳さんの前途《ぜんと》を祝して盃《さかずき》を干しましょうか」

四郎兵衛が仙右衛門の盃を満たした。

「仙右衛門どの、師走に祝言となると大忙しになりますな」

「考えれば神守様と汀女先生の勇気のかけらもないわっしらだ。相庵先生に叱られ、七代目に尻を叩かれて祝言に臨《のぞ》むのもわっしららしくていいかもしれません。もうこうなりゃ、覚悟を決めました。頭取、神守様、宜《よろ》しくお願い申します」

頭を下げた仙右衛門へ頷き返した四郎兵衛の音頭《おんど》で三人は盃の酒を呑み干した。

「これでだ、相庵先生に申し開きも立つというものだ。それでな、最前の話だが、番方、正月松《まつ》の内《うち》が過ぎたら、お芳さんを連れて沓掛村に先祖の墓参りに行ってきなされ。なあに、下野今市との往来なれば、そう日数がかかるわけもないでな。

お芳さんが敷地内の離れ屋に住まいして診療の手伝いを続けるのです、相庵先生も嫌とは申されますまい」

四郎兵衛が言い出し、仙右衛門が驚きの顔をした。

「七代目、わっしの胸の中を曝《さら》け出したのは、お芳とのことに決着をつけるためにございました。いつの日か、沓掛村を訪ねることもございましょう。そちらは忘れてくだされ」

「番方、曾祖父様も祖父様も、そうやって沓掛に戻る夢を先延ばしにして、ついに叶《かな》わなかったとは思いませんか」

「へえ、それは」

「いい機会です。番方が会所に奉公して二十年は超えておりましょう。御用抜きでお芳さんと旅をするのも悪い話ではございますまい」

「七代目、そんな贅沢が許されますので」

「旅から戻られたら、神守様夫婦を見倣《みなら》ってしっかりと働いてもらいますでな」

と四郎兵衛が笑った。

この日のうちに深川八幡門前の魚料理屋での話は柴田相庵とお芳に伝えられ、

「お芳、承知じゃな」

と父親代わりの相庵がお芳を見て、念を押した。

お芳が姿勢を改めて、

「相庵先生、四郎兵衛様、宜しくお願い申します」

とふたりの長老に頭を下げた。そして、

「兄さんがそんなことを考えていたなんて、お芳は全く気づきませんでした」

「四郎兵衛様には許しを得たが、相庵先生に未《いま》だ許可をもらってない。先生、お芳を旅に連れ出していいものですかね」

「そなたの出が下野とはな、わしの先祖も下野日光《にっこう》近くじゃ。お芳、そなたに日光のうちの寺を教える。ついでだ、沓掛のあと、日光に回り、うちの菩提寺にも線香を手向《たむ》けてきてくれぬか」

「そうでしたね、先生の在所《ざいしょ》も下野日光にございましたね」

「私は貧乏のせいで女房に逃げられたあとは男やもめを通してきたが、こうして娘同然のお芳を得た上に番方まで敷地内に住んでくれるとなればどれほど心強いか。よいな、四代がかりの夢の旅だ、のんびりと半年でも一年でも行ってこい。その代わり、必ずうちに戻ってきてくれよ」

と柴田相庵が願って、仙右衛門とお芳の祝言の日取りと下野沓掛への旅が決まった。

二

柴田相庵がお芳と仙右衛門のために用意した離れ屋は、独立した建物だった。

その昔、この界隈の名主だった百姓家を相庵が譲り受け、診療所に改装した敷地は畑作地を含めて五百三十七坪余、東側の欅《けやき》の大木のもとにその離れ屋はあった。

八畳間に六畳、東南側に面して日差しが差し込む縁側もあって気持ちがいい家だった。台所にはそれなりの広さの板の間がついて三尺（約九十一センチ）四方の囲炉裏《いろり》まで設けられていた。

相庵は最初、怪我人や病人の家として考えたようだが、診療所と離れていることから自らの隠居所として建て替えたそうな。だが、近ごろでは生涯医師を続けることを覚悟し、自分は診療所の一角にある部屋にこれまで通りに住み続けるというのだ。

そこで、相庵が長屋と呼ぶ離れ屋が、娘同然のお芳の新居に供《きよう》されることになった。

お芳の案内で住まいを見た仙右衛門が、

「お芳、こりゃわっしらには贅沢過ぎる。九尺二間《くしやくにけん》の棟割《むねわ》り長屋かと思ったら、立派な隠居所じゃないか。相庵先生にこっちに移ってもらい、わっしらはどこぞで長屋を探そうか、お芳」

「番方、また話を最初から蒸し返す気ですかな。覚悟を決めたとおまえさんは私と神守様の前で言いなさったはずだ。この際だ、相庵先生の厚意《こうい》は黙って受けるものですよ」

四郎兵衛が厳しい口調で仙右衛門に注意し、

「その代わり今後相庵先生は番方、おまえさんの父親だ。お芳さんとふたりで先生の面倒を最後までみなされよ」

と命じたものだ。

「それでいいのでございますかね」

「相庵先生がよいと思われたからそう決めたのだろうよ。ふたりで柴田相庵先生を己《おのれ》の父親と慕い、大事にすることです」

という四郎兵衛の言葉に仙右衛門が幹次郎を見た。幹次郎が頷き返して、仙右衛門もいよいよ覚悟を固め、

「分かりました」

と返答してふたりの住まいが決した。

「となると、あとは暮れの祝言の場を取っておくことか。吉原に戻り、急ぎの用事がなければ玉藻《たまも》に会ってその旨を伝えなされ」

四郎兵衛が仙右衛門に命じた。そこで四郎兵衛、仙右衛門、それに幹次郎の三人が柴田相庵の診療所の木戸門を出て、吉原に向かった。しばらく黙然《もくねん》と歩いていた仙右衛門が、

「神守様、わっしはさ、この歳《とし》で初めて廓外に住むことになりますので」

となにか大事なことを告白するように言った。

「番方、吉原を外から見るのも悪いことではございますまい」

「なんだか、舫《もや》い綱《つな》の外れた舟のようで頼りのうございますよ」

仙右衛門が苦笑いした。

「神守様、私ども吉原者は廓内《なか》にいるときにかぎり威勢がようございますがね、いったん廓の外に出るとなるとからっきしだらしない輩《やから》でございましてね。そ

れだけ御免色里《ごめんいろざと》はお上《かみ》によって特権を与えられ、保護されてきた格別な遊里《ゆうり》なんでございますよ。番方が廓の外に出ることに戸惑うのも分からないわけではない。ですが、神守様が言われるように、廓を外から見るのは悪いことではないような気がしますよ」

と四郎兵衛が言いながら、三人は山谷堀《さんやぼり》に架かる土橋《どばし》を渡った。

師走を前に葉を落とした見返《みかえ》り柳《やなぎ》が寂しげに衣紋坂《えもんざか》の角に立っていた。元々この柳、京島原遊廓《しまばらゆうかく》の「出口の柳」を模《も》して植えられたものだ。衣紋坂と呼ばれるのは、遊客《ゆうかく》はここに差しかかると足を止めて、衣紋を繕《つくろ》い、身形《みなり》を整えるためとも、島原遊廓にあった衣紋橋の名に倣ったためとも言われている。

見返り柳の反対側には高札場《こうさつば》があって、江戸市中で隠し売女の商いを禁ずる触れが長年日に晒《さら》されて墨字が薄れながらも掲《かか》げられていた。

また高札場の横には小さな鳥居、吉徳稲荷《よしとくいなり》の社《やしろ》があった。

日本堤《にほんづつみ》(俗に土手八丁《どてはっちょう》と呼ばれる)から大門《おおもん》までちょうど五十間(約九十一メートル)、将軍家が鷹狩《たかが》りに行く道中に大門が見えぬよう、三曲《みま》がりに道が曲げられていた。

その左右には外茶屋、遊客の顔を隠す編笠《あみがさ》を貸した編笠茶屋が並んでいた。が、その風習も明和《めいわ》（一七六四～七二）ごろには廃《すた》れた。遊客はここまで来ると堂々と顔を曝して大門を潜《くぐ》った。それだけ御免色里の吉原は世間から遊所《ゆうしょ》として認められていたことになる。

五十間道《ごじっけんみち》の茶屋から、

「こりゃ、七代目、飛車角《ひしゃかく》を伴い、お出かけですかえ」

という男衆の声や、

「いよいよ師走ですよ、頭取、ひと稼ぎさせてくださいな」

との女衆の声が飛んできた。それらの声に四郎兵衛が一々応じながら五十間道を進んだ。

昼見世《ひるみせ》が終わった頃合いで、なんとなく吉原の内外にのんびりとした空気が漂っていた。大門前には所在なげに辻駕籠《つじかご》が二丁、客待ちをしていた。

「三人して相撲見物に行って吉原を留守しましたがな、どうやらなにごともなかったようだ」

四郎兵衛が安堵《あんど》の声を漏らして大門を潜ろうとすると、左手の面番所《めんばんしょ》前にいた隠密廻《おんみつまわ》り同心の村崎季光《むらさきとしみつ》が目ざとく三人に目を留めて、

「頭取、番方、裏同心どのとうち揃《そろ》って、廓の外で昼遊びにござるか。よいご身

分にござるな」

と嫌味を言った。

「村崎様、昼遊びといえば昼遊びでしたね。朱に染まるもち肌を三人して眺めてこの歳で興奮しきりでしたよ。たまには吉原の外で英気《えいき》を養うのも悪くございませんな」

「七代目、ぬけぬけと言いおるな。そなたは幕府が認めた吉原の頭取じゃぞ。高札場にもあれこれとお触れが記してあろうが。いくら吉原会所の者ゆえ廓内で遊べぬとは申せ、廓の外にて隠し遊女を侍《はべ》らせ、裸にして三人して遊ぼうなんて大胆にもほどがある。お上が許された色里は吉原だけ、そのような隠し売女を置く遊里がどこにあるな。隠密廻り同心村崎季光が詮議《せんぎ》して、一網打尽にしてくれん」

「村崎様、裸になるのが女ばかりとは決まっていませんよ」

「なにっ、七代目は衆道《しゅどう》の気《き》がござるか」

「谷風、小野川の土俵入りを見物するのも村崎様、衆道にございますかな。お取り締まりになるのには相手が相手ゆえ、いささか汗を掻《か》きましょうな」

「なんじゃと、三人して相撲見物か」

「はい、深川八幡の注連縄を腰に巻いた横綱の土俵入りを見物してきました。あれもやっぱりお上の触れに反しますかな」

村崎季光は大きな舌打ちを残して面番所に姿を消した。四郎兵衛にからかわれて、腹を立てたらしい。

「お帰りなされ」

と小頭の長吉《ちょうきち》が三人を迎えた。

「小頭、なにごともございませんでしたかな」

「静かなものにございましたが、京町《きょうまち》二丁目の桜花楼《おうかろう》の番頭の杉蔵《しんぞう》さんが見えて、なにやら四郎兵衛様では頼みにくい話なんだそうで、わっしにはなにごとも説明なしに番方の知恵が借りたいと言い残して楼に帰られました」

「京二《きょうに》の桜花楼な、なにごとか小耳に挟んだことがございますか」

長吉が顔を横に振り、仙右衛門も首を捻った。

「七代目、この足で訪ねてみます」

仙右衛門の視線が幹次郎に向き、その眼差《まなざ》しは幹次郎に同行することを乞《こ》うていた。

「ならばご両人に願おうか」

四郎兵衛が頼み、ふたりは会所の敷居を跨《また》ぐことなく仲之町《なかのちょう》を水道尻に向かった。

中見世《ちゅうみせ》（半籬《はんまがき》）の桜花楼は吉原では老舗《しにせ》ではなかった。先代の主《あるじ》の庄左衛門《しょうざえもん》が松露楼《しょうろろう》の権利を買い受けて始めた楼だ。手堅い商いで吉原では中規模の楼として知られていた。それが倅《せがれ》の栄太郎《えいたろう》が京の島原遊廓に修業に出て、上方《かみがた》仕込みの遊里商いを覚えてきたとか。素人っぽい形《なり》の娘を張見世に並ばせて評判を呼び、近ごろでは、

「京二の人だかりは桜花楼」

と言われるほどの繁盛《はんじょう》ぶりだった。

だが、元《もと》吉原以来の仕来《しき》たりを重んじる老舗の楼は桜花楼の繁盛ぶりを見て、

「なあに一時《いっとき》の流行《はやり》ですよ」

と見ぬふりをしていた。それでも中には、

「吉原には吉原の仕来たりがある、それを夏は素肌に浴衣《ゆかた》なんぞ着せ、秋になると藍染《あいぞめ》を着せて張見世に素人娘を並ばせるなど言語道断」

と注文をつけた楼の主がいたが、栄太郎に、

「おや、これは面白いお言葉にございますね。私が知るかぎり元和《げんな》三年（一六一七）三月、庄司甚右衛門《しょうじじんえもん》様の御免色里のお許し願いに対して幕府は、一つ、傾城《けいせい》町の外にては、傾城屋商売致すべからず。並びに傾城町囲いの外何方《いずかた》より雇《やとい》来《きた》りとも、先々へ傾城を遣《つか》わす事相成らず、に始まり、その三つ目には傾城の衣類、総縫金銀の摺《す》り箔《はく》など、一切着させ申すまじき事。何地にても紺屋染めを用い申すべき事という一条がございましたな、かように廓内の華美を戒《いまし》めておられます。この五箇条の禁制は新吉原になっても引き継がれております。吉原の仕来たりが前帯に振袖の重ね着、打掛《うちかけ》、さらには結い上げた髪に何本も鼈甲《べっこう》の櫛《くし》簪《かんざし》というのならお上の禁制に触れはしませぬか。うちでは夏は浴衣、秋になって藍染めを着せて御免色里の禁制を守っております。それがいかぬと申されるなれば、どうか吉原を取り締まる町奉行所隠密廻りにお吟味《ぎんみ》いただきましょうかな」

と肘鉄砲《ひじでっぽう》を食らわせ、開き直ったとか。

幕府が奢侈《しゃし》禁止令を出すたびに遊女の衣服の豪奢《ごうしゃ》が槍玉に挙げられる経緯《いきさつ》があり、元和三年のご禁制は今も生きていた。

むろん吉原には吉原の言い分があったが、面と向かってその言葉に反論できなかった。

幹次郎はなんとなくそんなことを考えながら、仙右衛門と京町二丁目の辻を曲がった。

昼見世と夜見世《よみせ》の間の刻限、京町二丁目には、どこの楼の飼い猫か、ゆっくりとふたりの前を過《よぎ》っていった。

「御免よ」

仙右衛門が桜花楼の暖簾《のれん》を分けた。

幹次郎は仙右衛門に続こうとして背中に視線を感じた。だが、振り返るようなことはせず、敷居を跨いだ。

桜花楼の土間から板の間の様子は他の楼と明らかに違っていた。

吉原の楼には格式に従った、それなりに凝った造作《ぞうさく》がなされており、遊客らは、一夜の夢の入り口を通って、さらなる別世界、遊女花魁《おいらん》が待つ二階座敷への大階段を胸弾ませて上がるのだ。

だが、桜花楼の土間から板の間の壁は紅殻《べんがら》塗りでそれに妖《あや》しげな行灯《あんどん》の灯《あか》りが当たって、なにか酩酊《めいてい》感に誘われる仕組みになっていた。

「どなたです」

と女の声がして、ぞろりとした着方の振袖姿で女将おふくが姿を見せた。

「おや、会所の番方に用心棒のお侍さんかえ」

「女将さん、こちらの番頭さんがわっしに用があると会所に見えられたそうな。生憎《あいにく》と留守をしておりまして、無駄足を踏ませたのでございますよ」

「杉蔵が会所に相談、あのことかね」

と呟《つぶや》いたおふくが、

「杉蔵を呼びますよ」

と言うと裾《すそ》を引いて姿を消した。

奥の帳場《ちょうば》でなにごとか話し合う気配が続いて、長いことふたりは土間で待たされた。

「番方、待たせてすまなかったね」

「迷惑なれば会所に戻ろうか」

「お出《い》でになった者を追い返せますか。ささっ、こちらに」

ふたりが通された部屋は何日も寒さが居座った感じの布団部屋だった。それでも行灯が点《とも》されてお互いの顔がはっきりと見えた。

杉蔵は四十二、三か、顎《あご》が張った大顔がふてぶてしい番頭で、野州《やしゅう》か房州《ぼうしゅう》の在所者のように幹次郎には思えた。

「うちの楼は女郎にひと部屋ずつ座敷をあてがいますでな、男衆はかようなところしか残っておりません。辛抱《しんぼう》願いますよ」

「杉蔵さん、そんなことは構いませんや。それより御用をお伺いしましょうかね」

仙右衛門が用件を急《せ》かした。

「番方、まずこれを読んでくださいな」

と杉蔵が石でも包んでいたかと思える皺《しわ》くちゃの投げ文《ぶみ》を見せた。

仙右衛門が受け取り、幹次郎に見えるように広げた。殴り書きで、

「五人組桜姫《さくらひめ》ナドトイウすべた女郎ハ、
吉原ニハ似合ワヌ、イラヌ。

モシ大門ヲクグラセレバ、死ガマチウケテオル」

とあった。

「脅《おど》し文にございますな」

「番方、しっかりしてくださいな、だれが見ても脅し文にございますよ」

「脅される覚えが桜花楼にはございますので」

「ございません」

杉蔵の返答はにべもない。

「投げ文の文面だが、五人組桜姫とはなんでございますな」

「旦那の発案でこたび十七から十九歳の娘ばかりを五人組にして張見世に飾らせようという仕掛けにございましてな、五人が同じ化粧をして同じ衣服を着る場合もあれば、次の宵は大胆な意匠《いしょう》別の振袖を着せる場合もあるという仕組みでして。旦那はふたりに三味線を弾かせ、三人には流行り歌を歌わせる趣向を考えておられますので」

「桜花楼はこれまでもあれこれと新趣向で客を呼んでこられましたな」

「へいへい、御免色里じゃからといって、どっかりと構えて客を待つ時代は終わったと栄太郎旦那もおふく様も考えておられましてな、吉原に新風を吹かせて、活気づけようとしておられるのですよ」

「この投げ文の主《ぬし》は、その趣向が気に入らぬ様子ですな」

「番方は脅しの主の味方かい、それならこの話は打ち切りだ」

「番頭さん、せっかちだね。思い違いをしてはいけませんぜ。うちはどこの楼とも同じように接してきたつもりだ。いいことはいい、悪いことは悪いとして取り締まってきたつもりですがね」

仙右衛門が杉蔵を睨んだ。

「杉蔵さん、もし知っていることがあるならば忌憚《きたん》なく話してくれなきゃあ、事が起こったあとでは遅いからね」

「……………」

「五人組桜姫は未だ会所に届け出ございませんな」

「そりゃそうですよ。明後日に女衒《ぜげん》の木曾次《きそじ》が連れてくるのでね」

「文にはすべた女郎とございますが、住み替えですね」

「五人は別々に買われて木曾次の下で厳しい芸修業をしておりますでな、どこからの住み替えかと問われても分かりませんよ。ともかく美形揃いということで、うちでもそれなりの金子《きんす》を払いますでな、なんとしてもひと稼ぎしてもらわねば元手が取り戻せぬ、と旦那様の意向でございます。そんな最中に脅し文などもっての外《ほか》です」

「脅し文が投げ込まれたのはいつのことです」

「そいつがはっきりとしなくてね、おそらく昨夜の内に土間の隅に放り込まれていたんで、今朝方まで気がつかなかったのではないかと思われます」

「杉蔵さん、かような文は初めてですか」

「初めてといえば初めて」

杉蔵の返事は奥歯にものが挟まったような言い方だった。

「なにか曰《いわ》くがありそうだ」

「面と向かっておまえさん方の商いは邪道《じやどう》だ、吉原の仕来たりを踏みにじるものだ、そのうち天罰が下る云々は始終ですよ。ですが、旦那様も女将さんも言いたいところには言わせておけ、という考えにございましてね」

「杉蔵さん、桜花楼の商いに反対の急先鋒《きゆうせんぽう》はどなたですね」

「そりゃ、うちの斜め前の半籬の松福楼《しようふくろう》ですよ。あそこはうちに女を引き抜かれただの、馴染客がうちに流れただの、文句をつけてきたのは数知れず」

「番頭の近五郎《きんごろう》さんがかい」

「ときに女将のお種《たね》さんまで血相変えて乗り込んでこられたことがございましたよ」

「杉蔵さん、おまえさんはたしか五、六年前まで松福楼の男衆でしたね」

「番方、それとこれがどう関わるというんですね、矛先が違いますよ」

と杉蔵がむくれた。

「それはすまない。で、松福楼の他にどちらから注文がついたんですね」

「注文ですって？　この京二じゅうがうちに総がかりで嫌がらせですよ。こういうのを村八分というのかね」

と杉蔵が吐き捨てた。

「この投げ文、お借りしますがいいですね」

仙右衛門が願い、しばらく迷った杉蔵が、

「いいでしょう、その代わり咎人《とがにん》を突き止めてくださいよ」

と番方に釘を刺して、脅し文を渡すことを了承した。

三

ふたりは京二の通りを横切って半籬の松福楼を訪ねた。するとすでに番頭の近五郎が界隈の仲間ふたりと一緒に仙右衛門らの到来を手ぐすね引いて待っていた。近五郎の仲間は小見世《こみせ》（総半籬《そうはんまがき》）の池田屋《いけだや》の男衆助八《すけはち》に半籬の青風楼《せいふうろう》の江蔵《こうぞう》だ。

「番方、なんで桜花楼なんぞを訪ねたんですよ」

「近五郎さん、無理を言っちゃいけないよ。うちでは楼に用があれば顔を出す、それが務めだ」

「あんな吉原の仕来たりを踏みつけにして己《おのれ》のところだけ稼げばいいって楼の話なんぞ聞くことないよ」

「そうも言えなくてね、助八さん」

助八は三人の男衆の中でもいちばん年長で吉原の裏にも表にも通暁《つうぎよう》している男衆だった。すでに番頭の職を倅に譲り、自分は池田屋の後見《こうけん》を任じて小見世ながらしっかりとした馴染客を摑《つか》んでいる見世に睨みを利《き》かせていた。

「庄司甚右衛門様以来の吉原の仕来たりが桜花楼のやり方で危《あや》うくなろうとしているんですよ。会所がしっかりしないから、こんな輩が出てくる。客集めをするためになんでもありならば、吉原じゅうがそのうち、湯女《ゆな》のような緋《ひ》の長襦袢《ながじゆばん》一枚で張見世で客を引くことになりますよ」

「助八の父《とつ》つぁん、桜花楼のやり方を真似ようとしている楼がありますので」

「番方、診療所のお芳さんに目が眩《くら》んで廓内に目が行き届いていないんじゃございませんか。栄太郎のやり口が通るかどうか、何人もの若旦那連が見守っていますよ。栄太郎はいずれその連中と合同で、吉原維新《いしん》の会を立ち上げるつもりなんですよ」

「わっしのほうにとばっちりかえ、驚いたな」

仙右衛門が険《けわ》しい顔で呟いた。

「番方、桜花楼に注意に行ったんだろうね」

と青風楼の江蔵が最後に口を開いた。

「いや、あちらから呼ばれたんですがね」

「なんですって、呼ばれて行ったですと」

「江蔵さん、番頭の杉蔵さんがわっしらの留守の間に会所に来て、話があると言い残して帰ったそうで。だからこうしてふたりして訪ねたんですよ」

「用事とはなんですね」

江蔵の顔が不安げに変わった。

「江蔵さん、決まってますよ。張見世に裸の女郎を座らせるからとかなんとか、言いに行ったに決まってますよ」

「近五郎さん、裸の遊女を張見世に立たせるですと、そんな馬鹿な話がありますか」

「だから、そんな話じゃねえかと考えたんですよ。桜花楼が思いつきそうなことではありませんか」

「冗談じゃない。張見世は遊女が見得《みえ》と張りを競う場ですよ。それを裸ですと」

「だからそうじゃねえかと」

「思いつきでしたか」

近五郎と江蔵のふたりが言い合った。

助八がじいっと仙右衛門と幹次郎を見た。

「どうなんだい、番方、神守様よ。わっしはその手がないわけじゃないと睨んでいるんだがね。いえね、昔通りの楼はそんなことまかり間違っても考えませんよ。だが、桜花楼ならやりかねない。そのやり口はもうすでに仮宅《かりたく》で試した手でねえ、こないだまでその手でひと稼ぎしたはずだ」

助八がふたりの顔を見ながら言い切った。

「まさかそんな瓢箪《ひょうたん》から駒みたいなことを許せって話で呼ばれたんじゃないよね」

近五郎が仙右衛門を牽制《けんせい》するように睨んだ。

「助八の父つぁん、その話をどこから訊き込みなさった。会所も知らない話ですぜ」

「しっかりおしよ、番方。桜花楼の仮宅は川向こうの深川外れでしたがね、桜花楼はおまえさん方の見廻りのない夜にかぎって、そんな趣向で客を集めたって話ですよ」

「さすがだねえ、助八の父つぁんの目は誤魔化《ごまか》せないか」

「番方、桜花楼の話とはなんでしたね」

近五郎が焦《じ》れた。

「父つぁんが睨んだほど酷《ひど》くはないが、五人組桜姫なる十八ばかりの娘に日替わりで奇抜《きばつ》な衣装を着せて、三味線を掻き鳴らしたり流行り歌を歌わせたりして客を集める張見世を考えているようでね」

「ほれ、ご覧なさい」

助八父つぁんが膝を乗り出した。

幹次郎と仙右衛門は表土間に立ったままだ。そろそろ夜見世の刻限、女郎衆は化粧を終え、夜の仕度に入った気配が松福楼の奥から伝わってきた。

「冗談じゃありませんよ、宮芝居じゃあるまいし、張見世の格子の向こうで娘が飛んだり跳ねたりするですって。そんなことを会所が許すんですか。大体ね、これまで桜花楼に会所が甘い顔をしてきたから、栄太郎が図に乗ったんですよ。わたしゃ、許しません、京町二丁目の楼を纏《まと》めて、桜花楼にねじ込みます、戦《いくさ》だって辞しませんよ」

近五郎が腕まくりした。

「策とはなんですね、およしよ。桜花楼の策にまんまと引っかかることになるよ」

「会所が手を拱《こまね》いているのは御免色里が許された際のご禁制の触れを楯《たて》に取られているからとみましたがね。違いますか、父つぁん」

助八が仙右衛門を見た。答えに迷う番方より早く近五郎が、

「ご禁制の触れとはなんですね、番方」

「吉原の商人がこれですよ。私どもがお上から廓商いを許されたには条件が五つございました。そのひとつが遊女の衣類や飾り物は華美にならぬこと、絹《きぬ》であれ、木綿《もめん》であれ、紺染めを用いることとって決まりがございますのさ」

「えっ、そんなこととしたら、吉原にだれも身銭《みぜに》を使いに来ませんよ。第一どこの楼だって、そんな触れを守っているところはない」

「だから、桜花楼の栄太郎がそれを逆手《さかて》に取ったのよ。秋は薄物の藍染めか、夏は浴衣の質素な形で遊女を張見世に出すのはお上の触れを守ってのこと、金襴緞《きんらんどん》子《す》の打掛、櫛簪に凝った髪型で張見世に座ったり、煌《きら》びやかな花魁道中を行った

りはお上の意に反しておりませぬか、とびんたを食らわされることを恐れて、桜花楼の取り締まりが甘くなっているとみましたがね、どうです、番方」

「まあ、会所はそれなりの金子を幕閣のあちらこちらに使った結果、華美な装いがお目こぼしになっている経緯がございましてね」

「それで栄太郎が居直り、会所はなんの手立ても取れないってわけですか」

「近五郎さん、そんなつもりはございません」

「ならばどうするので」

「本日神守様とわっしが桜花楼を訪ねて知り得たことがある」

「なんですね」

近五郎が応じた。

楼の遣手《やりて》が入り口に盛り塩を始めた。

「最前話したようなことを桜花楼が企てたら、どこぞから住み替えてきて五人組になる娘らを殺すって脅し文が投げ込まれたってわけでさあ」

「そんな風に考える楼が出てきてもおかしくありますまい」

助八の父つぁんが言い、不意に仙右衛門の厳しい視線に気づいて、

「番方、わたしゃ、そんな馬鹿な真似はしませんよ。まさか私を疑っているわけ

じゃないよね」

と慌てて確かめた。

「助八の父つぁん、おまえさん、五人組桜姫なる娘らが張見世に入るって話を承知していましたかえ」

「なにを言うんですね、わっしが裸の遊女を張見世に立たせるくらいやりかねないとみていたのは仮宅での桜花楼のやり方を知っていたからですよ。まさかそれに輪をかけて張見世で三味線を掻き鳴らしたり、歌ったりするなんて努々《ゆめゆめ》考えもしませんでしたよ。まさか会所はそんなこと許さないよね」

と助八が反問した。

「こいつばかりはわっしや神守様では決め切れない話だ。四郎兵衛様が五丁町《ごちょうまち》の町名主を集めて話し合われましょうな。わっしらはなにごとも廓内で起こらないように見張るだけですよ」

「それでは手緩《てぬる》い。だから桜花楼の栄太郎なんて若造がのさばるんですよ」

近五郎が声を張り上げた。

「ご一統《いっとう》、父つぁんは知らないと言ったが、おまえさん方の中に五人組桜姫の企てを知っていた者はいないかえ。さっき、栄太郎の動きを注視している若旦那連がいると言いなすったね」

助八を含めて三人が首を横に振った。

「そいつを探り出すのは番方、おまえさん方の仕事だよ。私はね、この一件、桜花楼の自作自演とみましたがね」

「江蔵さん、それはまたどういう理由《わけ》ですね」

「だからさ、桜花楼は番方らを走り回らせる魂胆《こんたん》ですよ」

「わっしらが走り回ってなんの得が桜花楼にございますかえ」

「会所が手薄になる。実際、こうして無駄な訊き込みに来ていなさる」

「そんな薄弱《はくじゃく》な理由かねえ」

仙右衛門が首を捻った。

「見当違いだね、江蔵さん。五人組なんとか娘の企てを会所がどう考えるか、探りを入れているんじゃないかね」

「助八さん、そいつは大いにあり得る」

と助八の言葉に近五郎が頷いた。

しばし座に沈黙が続いた。

「近五郎どの、そなたら、桜花楼の出入りを見張っておられるか」

無言を守っていた幹次郎が突然口を利いた。

「どういうことです、神守様」

「いや、桜花楼の暖簾を分けるとき、背中になにか張りつくような視線を感じたのでな」

「わっしら、見張るほど暇じゃございませんよ」

「ならば、われらが桜花楼を訪ねることを承知で待ち受けていたお方はどなたかな」

幹次郎の問いに三人が顔を見合わせた。

「正直に話してくれませぬか」

「いえね」

と池田屋の助八が言い出した。

「桜花楼を会所の番方と神守様のふたりが訪ねて、その後、松福楼に探索に向かうゆえ、待っておれみたいな文がうちの台所の上がり框《がまち》に置かれておりましてな。最初は馬鹿馬鹿しくて、文を丸めて竈《かまど》の火に投げ込んだんですよ。だけど、その後でなんとなく気になり出しましてな、江蔵さんを誘って松福楼を訪ねてきたってわけですよ。そしたら、文の通りにおまえさん方がこちらに姿を見せなすった」

仙右衛門と幹次郎が顔を見合わせた。

「助八の父つぁん、その投げ文を残しておいてほしかったな」

「つい考えもなく丸めて竈の火に放り込んでしまった、早まっちまった」

と助八が頭を掻いた。

仙右衛門が桜花楼から預かってきた脅し文を助八に見せた。

「これと同じ手跡《て》だった、カタカナとひらがなの交じった文でしたもの」

と助八が答えた。

仙右衛門と幹次郎が松福楼を出たとき、どこからともなく清掻《すががき》の爪弾《つまび》きの調べが流れてきて、吉原に夜見世の刻限が迫っていた。

宵闇が訪れた仲之町の雪洞《ぼんぼり》に灯りが点り、大門口から素見《ひやかし》の男連がぞろぞろと入ってきた。江戸見物に来た在所の面々か。

幹次郎はふたたび視線を感じ取った。

仙右衛門が幹次郎を見た。同じように監視の眼を感じたからだろう。

ふたりは阿吽《あうん》の呼吸で動いた。

京町一丁目に狭く口を開けた暮らしの路地、幹次郎らが蜘蛛道《くもみち》と呼ぶ迷路に入り込んで、右に左に小走りに動き回った。

この蜘蛛道には楼の勝手口があり、さらに奥には遊女三千人を支える人々の小さな住まいや店《たな》が連なっていた。

この蜘蛛道を迷うことなく使えるようになることが吉原会所の若い衆に課せられた最初の仕事だった。

仙右衛門も蜘蛛道の一角で生まれ育ち、蜘蛛道を遊び場にして大きくなった。だが、この蜘蛛道、仙右衛門が幼き日に知るものではない。それは吉原を何度も大火が襲い、表通りの仲之町、五丁町の造りと佇《たたず》まいこそ変わらなかったが、蜘蛛道は再建のたびに微妙に変わったからだ。

仙右衛門と幹次郎は井戸がある辻で左右に分かれた。

独りになった幹次郎は腰の刀を立てて、柄頭《つかがしら》や鐺《こじり》が板壁に当たらぬように走った。

監視の眼はたしかな足取りで追跡してきた。

奇妙な殺気を漂わせて追跡してくる者に心当たりがあるとすれば、桜花楼に関わりがある者か。

幹次郎は湯屋の暖簾を潜った。

吉原にも生活する人々のために湯屋があった。それは町中の湯屋を小ぶりにした造りだった。番台はむろん幹次郎と顔見知りだ。

「猪吉《いのきち》さん、裏に抜けさせてくれぬか」

と番台の猪吉が頷く暇もないほどに幹次郎は草履《ぞうり》を脱いで手にすると男湯の洗い場に入った。むろん柘榴口《ざくろぐち》などない湯屋だ。ふたりばかり年寄りが湯に浸《つ》かっていたが、

「御免なされ」

と声をかけつつ狭い戸を開いて体を横にして潜り、釜場《かまば》に通った。草履を履き直す幹次郎を釜焚きの老爺《ろうや》が驚きの目で見た。

「いささか事情があってな、相すまぬが抜けさせてもらった」

「神守の旦那、だれかに追われていなさるか」

「正体が知れぬでな、こうして蜘蛛道に誘《おび》き寄せたところだ」

と答えた幹次郎は狭い釜場に積まれた薪《たきぎ》の間をすり抜けてふたたび蜘蛛道に出た。

尾行《びこう》の影は感じられなかった。

幹次郎はそのことを確かめるとゆっくりと蜘蛛道を進み、吉原にあって吉原らしくない小さな池の端《はた》に出た。水が湧き出して造り出したこの天女池《てんにょいけ》は、吉原に囲われた遊女たちの数少ない憩《いこ》いの場だった。

一昨年の大火の際、遊女の多くがこの池に逃れてきて、炎を避けて池の水に入り、溺死《できし》したり焼死したりした。

奇跡的に炎に耐えて生き残ったのは桜の老樹だ。その桜の下に野地蔵、お六《ろく》地蔵があった。

揚屋町《あげやちょう》の花伊勢《はないせ》から小紫《こむらさき》の源氏名で出ていたおこうの死を供養しようと下《しも》総結城《うさゆうき》から爺様と妹が出てきた際、爺様がこの野地蔵を負ってきたのだ。

大火の夜、おこうは女衆のお六を身代わりに、猛火を逃れて偶然にも居合わせた浪人佐野謙三郎《さのけんざぶろう》と相州江ノ島《そうしゅうえのしま》近くに逃れた。だが、たまたま大山詣《おおやままい》りの帰りに江ノ島に立ち寄った知り合いがおこうを見かけたことが切っ掛けで、足抜《あしぬき》が発覚した。

おこうは吉原の手から逃げ切れなかった。自らの命で足抜の罪を贖《あがな》った。

野地蔵は大勢の犠牲者を弔《とむら》うように吉原の一角にひっそりとある池の端に建てられ、遊女たちの信心の対象になっていた。

幹次郎は暮れなずむ池の端の野地蔵の前で足を止めた。

池の向こうに仙右衛門の影が立った。

尾行者はふたりを見逃したのか。

幹次郎が視線を池のこちらに戻したとき、首に紅絹《もみ》を巻いて背に垂らした着流しの人影が幹次郎を睨んでいた。

「おぬしか」

「なんですね、裏同心の旦那」

声に聞き覚えはない。

「桜花楼に関わりがあるのか」

「桜花楼、知りませんね」

と男が素っ気なく言った。

「ならばなぜわれらの動きを監視致すな」

「さてどうしてでございましょうな」

池の向こうの仙右衛門が男の背後へと走り寄ってきた。

「神守様、そなた様の命を頂戴したくお知らせに参ったのでございますよ」

「それは丁寧なことよ。それがしの命など二束三文《にそくさんもん》であろうに」

ふっふっふ

と笑った男が、

「ある人にとっては神守幹次郎の命の値段、もう少し高《たこ》うございましてな」

「それで引き受けられたか」

「まあ、そんなところで」

「いつ何時なりとも受けて立つ」

「お知らせ致しましたぜ」

「名を訊いておこうか」

「夜嵐《よあらし》の参次《さんじ》」

と応じた着流しの男がふわりという感じで宵闇に溶け込み、そこへ息を切らした仙右衛門が駆けつけてきた。

四

仙右衛門と幹次郎は、蜘蛛道を出ると大門を潜ろうとした。

およそ五つ（午後八時）の刻限で吉原見物に来た在所者が待合《まちあい》ノ辻《つじ》に屯《たむろ》して、

「顎十《あごじゅう》よ、これだけの灯りをどこから持ってきただ。昼間みてえに明るいもんだな。どれも眩《まぶ》しくてよ、娘っ子がきれいだか、どうだか分からねえだ」

「それが吉原の狙いだべ。眩しくて目がくらくらしてよ、つい楼に上がりたくなるだね」

「それにしても初めてじゃあ、娘っ子の肌も触れられないじゃつまらないだね。江戸の遊び場はまどろっこしいだよ」

「初会《しょかい》は顔見せ、二回目は裏を返すちゅうてだ、客が遊女に義理を尽くすだね。そんで三度目でようやくお馴染さんに格が上がって、膳《ぜん》と象牙《ぞうげ》の箸が用意されるちゅう話だ」

とひとりが訳知り顔に仲間に説明していた。

「わしゃ、飯《まんま》を食いに来たわけじゃねえだ。娘っ子と床入《とこい》りしたいだよ」

「だから、新田《しんでん》の兄さん、三回通って床入りだよ」

「もちっと安直な女郎屋はねえだか。明日には在所に戻るわれらだ、部屋にも通してもらえねえじゃ、すかたあんめえ。村に戻って話のタネにもなるめえ」

「小見世に当たってみべえかね、さすれば今晩にも泊めてもらうことができべえよ」

「三浦屋《みうらや》の花魁のような美形なら、おら、小見世でも構わねえ」

「三浦屋の薄墨太夫《うすずみだゆう》や高尾《たかお》太夫が小見世にいるものか。ちいとばかり格落ちの女郎だな。その代わり、揚《あ》げ代《だい》もその分安いぞ」

「辛抱すっか。顎十、ただ寝るだけじゃねえぞ、娘っ子とよ」

「分かった、その先を言うでねえ。もう一度五丁町をぞろめいて張見世の女郎衆に話をしてみべえか」

と話が纏まった一行がぞろぞろと伏見町《ふしみちょう》へと向かっていった。

そんな問答を聞きながら幹次郎と仙右衛門は、大門を出て外茶屋の前を抜け、浅草田圃《あさくさたんぼ》へと路地を曲がった。

見廻りを終えたふたりは吉原会所に戻り、まず京町二丁目の桜花楼の新機軸に周囲の楼が反発している現状を四郎兵衛に報告した。

「なにっ、栄太郎さんは若い女郎を五人組にして張見世で歌ったり踊ったりさせて客を呼び込もうという算段《さんだん》ですか、考えなすったな」

「周りの楼は吉原には吉原の長年の仕来たりがある。飛んだ跳ねたで客を呼び込もうなんて、深川の櫓下《やぐらした》並みのあくどい商いだと怒っております ので。己の見世さえよければそれでいいという魂胆が見え見えと言われるのです」

「松福楼さん方の気持ちも分からないじゃない」

「七代目、このまま放置しておきますと京二で戦が起こります。近五郎さん方の話では桜花楼のやり方がうまくいくなれば、うちも張見世を工夫してあとに続こうという楼がいくつもあるそうでございましてな」

「そうなれば、幕府が許された唯一の御免色里の吉原は吉原でなくなりますな。ただし、栄太郎さん方、若い妓楼の主がこのままで吉原はいいのかと焦《あせ》る気持ちも分からないじゃない」

「あまり栄太郎さんの気持ちに会所が肩入れするとなると、古い妓楼が結束して会所に反対の意を唱《とな》えましょうな」

「さあて、どうしたものか」

四郎兵衛が腕組みして長いこと考え込んだ。そして、腕組みを解《と》いた四郎兵衛が言ったものだ。

「ともかく私が栄太郎さんと直《じか》に話してみましょうかね」

「七代目にご出馬願うしか手はなかろうかと考えながら戻って参りました」

仙右衛門が次の話を願うという表情で幹次郎を見た。

「七代目、桜花楼にわれらが入るときから、だれかに見張られている感じがしておりましてな。そこで番方とふたり、吉原会所に戻る道を不意に変えて蜘蛛道に入り込み、尾《つ》けてくる者がいるかどうか様子を確かめたのでございますよ」

「おりましたか」

「はい」

と答えた幹次郎は夜嵐の参次と名乗る着流しの男と会って話した経緯を吉原会所の頭取に告げた。

「なんと神守幹次郎様の命を狙う男がね、また現われたか」

「命を狙うと宣告する野郎の丁寧さが不気味にございますよ、七代目」

と仙右衛門が言い、

「夜嵐の参次なんて聞いたこともない」

「私にも覚えはありません」

と応じた四郎兵衛が、

「ほんとうに神守様の命を狙ってのことか、こたびの京二の騒ぎに関わりがあるのか。神守様の話ですと、番方らが桜花楼の暖簾を分けたときから見張られていたということですな。となると騒ぎに関わりがありそうに思えるのですが、今のところ見当がつきませんな」

「わっしはやはり吉原に関わる因縁《いんねん》で夜嵐の参次が姿を見せたと思えるのですがな、七代目」

「ようやく田沼《たぬま》様との騒ぎに決着がつき、吉原が平静に戻ったばかりです。師走から正月の稼ぎどきを迎えようとするときに、新たな厄介《やっかい》が生じましたな。ですが、番方、こちらが慌てては、桜花楼の一件も夜嵐の参次の宣告も相手の思うツボに嵌《は》められます。まずはなにが吉原に降りかかろうとしているのか、しっかりと見定めることが肝心です」

「へえ」

「番方、うちはいつも通りの御用を務めるだけです。番方と神守様は玉藻と会って祝言の一件を決めてきなされ」

四郎兵衛にはなにか腹案でもあるのか、腹心のふたりに命じて浅草田圃を抜けることになったのだ。

仲冬の寒風が春を待つ田圃を吹き抜けて、ふたりに師走が近いことを思い出させた。

「相撲の興奮がどこかへ消えましたな」

「土俵入りを見物したのは今日のことでしたか、なんとも長い一日でございますよ」

と応じた仙右衛門が、

「こんなとき、お芳との祝言の話を進めてよいものですかね」

「番方、いつの世にもふだん通りの暮らしを続けることが大事という四郎兵衛様の考えにそれがしも賛同します。なにが起ころうとわれらはいつもの御用を務め、暮らしを守っていくのが肝要にございます。番方とお芳さんがこの師走に祝言を挙げるのは、なにより吉原会所が動じてないということを世間に示すよい機会です」

「そんなものですかね」

と応じた仙右衛門は北風に体を押されながら、浅草寺奥山《せんそうじおくやま》裏手に出るとすでに芝居小屋が終わった奥山を抜けて、浅草寺本堂前へと出た。

ふたりは本堂の前で合掌してなにがしか賽銭《さいせん》を投げ入れ、すでに戸を下ろした仲見世へと向かった。

二八蕎麦《にはちそば》の屋台が仲見世の辻で商いをしていた。腹を空《す》かせた仕事帰りの職人がふたり、足元に道具箱を置いて蕎麦を啜《すす》っていた。

蕎麦屋の後ろに白い犬が体を丸めて寝ていた。

「宇根造《うねぞう》の父つぁん、どうだい、商いは」

仙右衛門が声をかけた。

白犬を連れた二八蕎麦屋ふ、こ、う屋が浅草広小路《ひろこうじ》界隈で商売をするようになったのは、十年も前のことだそうな。

幹次郎も宇根造の蕎麦屋ふこう屋を知らないわけではないが、まだ蕎麦を食したことはない。

「番方かえ、お陰さんでなんとかやっていますよ」

「商売はなんでも飽きちゃいけねえ。飽きないように精々《せいぜい》頑張りなされ」

「有難《ありがと》うございます」

と宇根造の声を聞いた白犬がむっくりと起きた。

雷《かみなり》御門を潜り、広小路を渡った。

「二八蕎麦屋でふこう屋とは奇妙な屋号にございますな」

「ふこうと漢字で書くと不幸に通じる。ですが、身内三人の物語が絡《から》む屋号にございましてね。神守様は、宇根造の父つぁんが吉原に関わっていたのをご存じですかえ」

「蕎麦屋の親父様は吉原の男衆でしたか」

「おかみさんは土手八丁の引手茶屋《ひきてぢやや》の女衆ふねでね、宇根造さんは馬道《うまみち》の乾物屋で男衆として働いておりました。子供は倅と娘がそれぞれひとりずつ、まあ、この界隈のどこでも見かける、幸せを絵に描いたような親子でしたよ。それが、十数年も前のことか、おかみさんのおふねさんが胸の病《やまい》に取り憑《つ》かれなすった。それが宇根造一家のけちの付き始めでね、宇根造さんは薬代欲しさに乾物屋の金に手をつけた。わずか二分《ぶ》ほどだが、厳しいお店でしてね、奉行所に訴えるわ、二分の金子と利息を病のおかみさんに談じ込むわの騒ぎで、宇根造さんは牢屋敷につながれ、娘のおことさんが、揚屋町の妓楼に身売りして宇根造の父つぁんが手をつけた二分にだいぶ色をつけて払いなすったそうな。事情が事情ですから、奉行所でも三年にかぎっての江戸市中所払《ところばら》いのお沙汰《さた》で宇根造さんは解き放ちになりなすった。まあ、所払いというのは密《ひそ》かに家の者に会いに来ても、草鞋《わらじ》を履いていれば道中立ち寄ったということで、お見逃しになるのが決まりごとでしてね、宇根造さんは江戸外れに暮らしながら、三日にあげずおふねさんの元に戻って看病していたそうな。だが、発病して三年目におふねさんが亡くなり、宇根造さんの姿が江戸から消えた。どうやら、六郷《ろくごう》を渡った川崎宿《かわさきしゆく》の蕎麦屋で働いていたらしく、十年ほど前から二八蕎麦屋をこの土地に戻って始めなすった。ええ、娘のおことさんの年季が明けるのを楽しみにして、待っておられたんですよ」

「なにかございましたか」

「世の中、ままなりませぬな。おことさんに惚れた客がお店の金に手をつけておことさんの元に通っていたらしく、師走の帳面調べで悪事が露見しました。それを悟った男はお店を飛び出して、大門を潜り、おことさんの楼に上がると道中《どうちゅう》差《ざし》で無理心中をしでかしたので」

「ふたりは亡くなったのでございますか」

「ご存じのように吉原で情死《じょうし》を企てた男女が生き残った場合、厳しい沙汰が待ち受けております。おことさんと相手の男は二日ばかり苦しんだあと、亡くなりました。まあ、生き残るより幸せにございましょう。そんなわけで宇根造父つぁんがひとり生き残り、最初屋号などなかった二八蕎麦屋をふね、こと、宇根造の名の頭文字を詠《よ》み込んだふこう屋と付けたんでございますよ」

と話を締め括《くく》った仙右衛門が、

「ふこう屋は親子三人の絆《きずな》でありながらも、不幸を恨《うら》む屋号でもあるわけでございましょうな」

と言い足した。

「番方、親子の絆といえば倅どのの名が全く出てきませんな」

「宇根造さんが牢につながれたころ、倅の与助《よすけ》は病のおっ母《か》さんを放り出して、関八州《かんはつしゅう》を流れ歩く渡世人《とせいにん》になったそうな。なんでも風の噂に野州の賭場《とば》を任《まか》されて、代貸《だいがし》とか親分とかに出世して羽振《はぶ》りがいいっていう話ですがね」

と仙右衛門が言ったところに浅草並木町《なみきちょう》の料理茶屋山口巴屋の軒《のき》行灯がおぼろに見えてきた。

山口巴屋の四周《まわり》を疏水《そすい》が流れて、そのせせらぎの音が師走の近いことを教えてくれた。

料理茶屋の二階座敷にはまだ大勢の客がいるらしく、座敷に灯りが入って、賑やかな話し声が表まで聞こえてきた。

ふたりは枝折戸《しおりど》から庭に入り、勝手口に回った。台所で汀女が書き物をしていた。

「おや、姉様《あねさま》、まだこちらにおられたか」

「玉藻様に師走の献立《こんだて》を書いてくれと頼まれましてな」

と答えた汀女が、

「幹どの、番方とお揃いで御用の途中ですか」
「そうではない。七代目の命《めい》でそれがしも番方に同道《どうどう》して参ったのだ」
「あっ、そうそう。幹どの、土俵入りはいかがにございましたな」
「相撲の土俵入りを初めて見たが、力強くもなかなか美しい見物であったな。姉様、大関谷風と関脇小野川、横綱のどちらも甲乙《こうおつ》つけがたく、あのふたりがぶつかり合うところを見てみたいと思ったものだ。女衆は、相撲見物はだめじゃそうだが、姉様にも見せてやりたかったぞ」
と幹次郎は言いながら腰から刀を外した。
「この私が谷風関、小野川関を承知というたら、幹どのは驚かれましょうな」
「なに、姉様はどこぞで見かけたか」
と幹次郎が問うたとき、二階座敷から渋い声の甚句《じんく》が聞こえてきた。
「どすこい、ほい、あーどすこいどすこい
花を集めて甚句にとけば、よー
はぁー、正月寿《ことほ》ぐ福寿草《ふくじゆそう》
二月に咲くのが梅の花
三月桜や四月藤」

「これはまた」

仙右衛門が二階を見上げた。

「汀女先生、二階のお客は谷風関、小野川関にございますか」

「魚河岸《うおがし》の旦那衆が土俵入りを披露してくれた谷風関らをこちらで接待しておるのです。玉藻様のお呼びで私もご挨拶に出ました」

「そうか、姉様方は浅草におりながら、谷風関、小野川関に会うことができたか」

「そればかりか、玉藻様と私、おふたりの横綱に軽々と抱え上げられましてな、座敷をひと巡りしていただきました。赤ちゃん同様に力士に抱え上げられると無病息災《そくさい》じゃそうな」

「それはなんとも幸せなことよ。ふこう屋のおふねさんが谷風関に出会《でお》うておれば胸の病などかからなかったかもしれぬな」

と思わず二八蕎麦屋の宇根造の物語に重ねて、幹次郎は聞いていた。

「冬は水仙《すいせん》　玉椿《たまつばき》
あまた名花のある中で
自慢で抱えた　太鼓腹」

二階の相撲甚句はどうやら終わりに差しかかり、宴《うたげ》がお開きになる様子があった。

汀女も立って表口に見送りに出た。

幹次郎が汀女のやりかけの献立を見ると、料理に並んだ余白に白椿が一輪描き添えてあった。

献立の　余白を飾る　白椿

（そのままじゃな、姉様に叱られるわ）

と幹次郎は苦笑した。

仙右衛門と幹次郎が台所の板の間で茶を喫《きっ》しながら待っていると、二階座敷の魚河岸の旦那衆の相撲接待がお開きとなったらしく、急に二階座敷から人の気配が消えた。

「ここに横綱がおられるならば、川向こうまで出ていくこともありませんでしたか」

「番方、とは申せ、座敷で土俵入りはできますまい」

「その代わり、相撲甚句が聞けましたよ」

とふたりが言い合うところに料理茶屋山口巴屋の女主の玉藻と汀女が台所に戻ってきた。そして、待機《たいき》していた女衆や男衆が二階座敷の片づけに入った。

「番方、お待たせしましたね」

と玉藻が仙右衛門に言い、

「ここは後片づけで最後の戦が始まるわ。帳場に移ってくださいな」

とふたりに帳場座敷へ移るように命じた。

「汀女先生から聞いたけど、お父つぁんの命でうちに来たの。会所の御用」

「いえ、それがわっしのことなんで」

「ならば見当がつくわ」

「つきますかえ、玉藻様」

「番方とお芳さんの祝言をうちでやりたいという話じゃない」

「へえ、図星だ、わっしとお芳の祝言の話でございますよ。鷲神社でふたり揃って頭を下げれば済むことだが、七代目は、お芳を娘同様に考えておられる柴田相庵先生の立場もある、ちゃんと祝言をせよと言われるんですがね」

「番方、柴田先生の立場だけではないわ。お芳さんの気持ちも考えなさいな。ちやんと仲人《なこうど》を立てて、祝言を挙げなさい。で、お父つぁんは日取りはいつと言うの」

「師走の月半ば過ぎならそうこちらも忙しくあるまいと申され、二十日と指定がございました。玉藻様、そんな無理が利きますかえ」

「番方とお芳さんの祝言よ、お客を断わってもうちで挙げるわ。人数はどれほどかしら」

「お芳もわっしもふた親はいねえし、親類縁者ったっていませんや。精々五、六人ではございますまいか」

「お芳さんのほうは柴田相庵先生にしっかり相談することね。番方のほうはお父つぁんや神守先生方、小頭を呼んでも会所の皆さんで十三、四人ほどかしら」

「まあ、そんな具合で」

玉藻が暦《こよみ》を捲《めく》っていたが、

「二十日なら日和《ひより》も悪くないわ。この日に決めましょうか」

と女主が言って仙右衛門とお芳の祝言の日取りが決した。

第二章　仙台坂の怪

一

この日、江戸は風もなく穏《おだ》やかな天気に恵まれ、小春日和《こはるびより》の陽気となった。

幹次郎と仙右衛門は吉原から東海道を伝い、芝増上寺《しばぞうじょうじ》前を過ぎて江戸の内海に流れ込む新堀川《しんぼりがわ》に架かる金杉橋《かなすぎばし》を渡ったところで、金杉同朋町《どうぼうちょう》に沿って右に曲がった。

幹次郎と汀女は昨夜が遅かったこともあり、この朝、いつもより遅い刻限まで床にいた。

「幹どの、朝湯に行きませんか」

と汀女に誘われ、浅草田町《たまち》二丁目の湯屋花《はな》の湯《ゆ》に行った。

ふたりしてさっぱりとした顔で長屋に戻ってくると、会所の若い衆の金次《きんじ》が木戸口に立っていた。

「金次どの、なんぞ廓に起こったか」

幹次郎は咄嗟《とっさ》に正体の知れぬ夜嵐の参次のすらりとした体つきを思い出しながら尋ねた。すると金次が、

「廓はなにごともなかったと思いますがね」

と答え、

「番方から言《こと》づけです。今戸橋《いまどばし》の船宿牡丹屋《ふなやどぼたんや》に待っていなさるんで」

と言い足した。どうやら金次はなにごとかも知らされずに使いに来たようだった。

「相分かった。着替えを致し、すぐに参る」

幹次郎は長屋に戻ると汀女の手伝いで外着に着替え、日差しを考えて塗笠を手にした。

仙右衛門は船宿の前で老練《ろうれん》な船頭の政吉《まさきち》と話をしながら待ち受けていた。

「すまぬ、朝湯に行っておったのだ。だいぶお待たせ申したか」

「いえ、そう急ぐ話ではございませんので」

と答えた仙右衛門だったが、表情は険しかった。

「父つぁん、またな」

「番方、芝まで船で送っていこうか」

「いや、神守様と道々話していくでな」

と断わった仙右衛門と塗笠を被《かぶ》った幹次郎は肩を並べて今戸橋に向かい、そこから浅草御蔵前通《おくらまえどお》りに出るとひたすら南を目指すことになった。

「昨夜、お相撲の連中が山口巴屋で魚河岸の旦那連の接待に与《あずか》りましたね。その帰り、谷風関の一行ですがね、伊達家の差し回しの大きな乗物に大関を乗せて、付き人たちは徒歩《かち》で、仙台藩下《しも》屋敷がある新堀川西の仙台坂《せんだいざか》を目指して、戻ったそうな。谷風関の相撲部屋は仙台坂の麻布本村町《あざぶほんむらちょう》にございますので。相撲部屋は伊達様のお屋敷の坂向かいにあって、稽古場の土俵は伊達様のご領地内に造られている。ともかく一行が夜道を相撲部屋を目指して、この新堀川土手に差しかかったとき、いきなり弟子のひとりの横車《よこぐるま》にぶつかってきた影があって、太腿《ふともも》を匕首《あいくち》で刺されたそうなんで」

「また相撲の連中を相手に無謀《むぼう》なことをしてのけましたな、横車に恨みを感じた輩がなしたことですか」

「神守様、それがいささか違いますので。刺したあと、さあっと間合を取った影が、恨むなら吉原会所を恨めと言い残して、闇に姿を消したということにございましてな、谷風関の親方が念のためにと使いを立てて会所に知らせてきましたので」

「なんという話で、横車の怪我は酷いのでござろうか」

「医者には行ったようだが、命には差し障りはないとか。それ以上のことは分かっておりませんので」

仙右衛門の説明にあれこれと思案しながら新堀川まで足早に歩いてきたふたりは、新堀川が北から東に流れを変えるところに架かる一ノ橋《いちのはし》を渡った。さらに上総《かずさ》飯野《いいの》藩二万石の江戸屋敷の先を西へと曲がった。

伊達家の領地にちなんで呼び習わされる仙台坂がこの先にあり、谷風関の相撲部屋は坂の右手にあった。

ふたりが左手に延びる伊達家の塀に沿って歩いていくと、屋敷の中から、

ばあーん

と重い同士がぶつかる鈍《にぶ》い音が響いてきた。

「ぶつかり稽古を始めているということは、横車の怪我も大したことではなさそ

うだ」

仙右衛門が呟いた。

仙台坂に差しかかり、右手に、

「大関谷風相撲部屋」

の欅の看板がかかった町家があった。

町家といっても伊達家が建てた家作《かさく》だろう、体の大きな力士が出入りするために門も表口も武家屋敷のように大きかった。

ふたりが門前から中を覗くと表口に足を投げ出して座る相撲取がいた。太腿に白布が巻かれているところを見ると、災難に遭った横車ではないかと推測された。

幹次郎らは門を潜り、歩み寄った。

「横車さんかえ」

「へえ、わっしが三段目の横車矢八《やはち》にごんす」

と浴衣一枚の力士が顔を上げた。未だ十八、九歳か、若い相撲取だった。

「昨夜はえらい目に遭いなさったね。わっしらは吉原から見舞いに来た会所の者でね」

「迷惑をかけたでごんす」

「横車どの、事情を話してくれませんかえ」

「事情もなにも闇の中から細っこい影が飛び出してきて、わしの体にぶつかってきたでごんす。その後、焼け火箸を突っ込まれたような痛みが走ったときには、影は手が届かないところに逃げていたでごんす」

「そいつに覚えはございますかえ」

「わっしの知らねえ男でごんす」

「なにか言い残したと聞きましたが」

「わっしは覚えてないが、同輩《どうはい》の海風《うみかぜ》が恨むなら吉原会所のかい、、もりだか、なんだかを恨めという言葉を聞いておるでごんす」

「たしかに吉原会所と」

「わっしもその言葉は耳に残っておるでごんす。そのあとの言葉は聞き逃したでごんす」

「それがし、吉原会所に世話になる神守幹次郎と申す。昨夜の賊《ぞく》は神守と言ったのではござらぬか」

「神守でごんすか。わっしはどうも聞き間違えたでごんす」

と若い横車は首を傾《かし》げた。

「谷風関は屋敷の土俵で朝稽古の最中ですな」

仙右衛門が話柄《わへい》を変えた。

「へえ」

横車は所在なげに返答をした。問い質《ただ》してもそれ以上のことは訊き出せないとみた仙右衛門は、

「横車さん、とんだ災難でございましたな。吉原会所の関わりで怪我をしたんなら、なんとも申し訳がないと頭取の四郎兵衛から預かってきた見舞金だ。美味《おい》しいものでも食べて滋養《じよう》をつけてくんな」

と奉書紙《ほうしょし》に包んだ三両を差し出した。

「ごっつぁんでごんす」

と両手で受け取った横車が手刀を切った。

ふたりはふたたび仙台坂に出ると、坂を挟んで反対側の仙台藩下屋敷の表門に向かった。

「門番さん、お願い申します。わっしら、吉原会所の者にございます。谷風関の弟子が怪我を負ったというので、見舞いに参りました。当人の横車には相撲部屋で挨拶を済ませたところです。谷風関と親方に見舞いを申し上げたいのでござい

ますが、稽古場まで入れていただけませんかえ」

仙右衛門が挨拶し、門番同士がなにごとか話し合っていたが、ひとりの門番が従ってふたりは土俵際まで入ることを許された。

伊達家の下屋敷のひとつ、仙台坂屋敷は二万千余坪とさすがに広く、潮風が漂う庭の一角に四本柱の土俵があって、昨日深川八幡で土俵入りを披露した谷風関が若い力士を相手に稽古をつけていた。

町内の相撲好きにも屋敷に立ち入ることを許してあるのか、隠居風の町人など四、五十人が見物していた。

「臍下丹田《せいかたんでん》に力を溜めてぶつかってこんかい。そんな当たりじゃ、娘っ子も押し倒せまい」

谷風が太鼓腹の力士に低い姿勢で押させておいて土俵際まで後退し、片手でひょいと払うと太鼓腹の力士が横にあっさりと転がった。

それを見物していた仙台藩伊達家の家臣や町人の間から、
わあっ
という歓声が起こった。

幹次郎らはぶつかり稽古を見物しながら、親方や谷風の手が空《あ》くのを待つことにした。

若い力士の体は汗みどろ砂混じりだが、大関谷風は涼《すず》しげな顔で体にうっすらと汗を掻いている程度だった。

谷風の相手が代わった。

出稽古に来ていた熊《くま》ヶ《が》嶽《たけ》多《た》八《はち》で、前頭《まえがしら》下位の関取だった。

背丈《せたけ》は五尺八寸（約百七十六センチ）余か、谷風に比べて体が半分ほどに見えた。

「神守様、熊ヶ嶽は、未だお抱え大名に恵まれませんでな、こうしてあちらこちらの稽古場を巡って力をつけておる最中です。形は小さいが江戸の生まれだけに気風《きっぷ》がいいし、取り口も大胆にして機敏《きびん》だ。あと一、二年辛抱すれば、三役に就《つ》く力士ですよ」

仙右衛門が相撲通ぶりを発揮して、幹次郎に説明してくれた。

熊ヶ嶽が頭から谷風の胸に突っ込み、谷風が思わずずるずると後退した。

おおっ
というどよめきが見物の間から起こった。

熊ヶ嶽に脇と腹に両手をかけさせたあと、谷風が後退を止《や》めた。

熊ヶ嶽の得意技はハズにかけて一気に押し込み、土俵外に押し出す手だった。得意のハズ押しの体勢に持ち込んだ熊ヶ嶽はひと息入れる間もあらばこそ、一気に押し込もうとしたがもはや谷風はびくりともしなかった。

熊ヶ嶽の顔が朱に染まったが、谷風は涼しげな表情のままだ。

「熊ヶ嶽関、下から押し上げんかえ」

注文をつけられた熊ヶ嶽はさらに構えを低くして押し込んだ。するとわずかに谷風が後退した。

見物の衆が沸いた。

だが、相撲通の武家らは谷風が若い力士に自信をつけさせようとしているのを承知していた。

熊ヶ嶽に押させておいて土俵を割った谷風が、

「夏巡業より力をつけたでごんす、熊ヶ嶽関」

と褒めると熊ヶ嶽の朱に染まった顔にようやく笑みが浮かんだ。

「大関、もう一丁稽古をつけてくだせえ」

頷いた谷風が仕切り線に戻り、熊ヶ嶽を徳俵《とくだわら》まで下がらせてぶつからせた。

ぱちん

ふたつの肉体がぶつかったとき乾いた音がして、熊ヶ嶽が必死に谷風の内懐《うちふところ》に潜《もぐ》り込もうとしたが、谷風が熊ヶ嶽のハズにかかろうとする両手を封じて、

ひょい

と横手に振ると軽い体の熊ヶ嶽が土俵の外まで吹っ飛んだ。

なんとも圧倒的な強さに、

ふうっ

という溜め息が漏れた。

土俵の外に待機していた別の前頭力士、肥後《ひご》藩お抱えの七々滝益之助《ななたきますのすけ》が、谷風に飛びついていった。これを皮切りに谷風が次々に相手を代えて稽古をつけた。

だが、だれひとりとして谷風に本気を出させた力士はいなかった。

見物の武家も町人も言葉もなく谷風の強さに感嘆《かんたん》した。

汗と砂　力士を鍛《きた》える　師走かな

四つ半（午前十一時）の刻限、朝稽古が終わろうとしていた。

「なんともはや人の業《わざ》ではございませんな、豪勇無双《ごうゆうむそう》というのは谷風関の強さに

ございましょうな」

幹次郎の傍らから仙右衛門が感嘆した。

見物席で壮年の武家が谷風の親方の鴻巣源兵衛《こうのすげんべえ》を呼んで、なにごとか告げた。鴻巣親方は困った顔をしていたが、傍らの伊達家の家臣が口を添えて、親方が谷風関の元に相談に向かった。

話はすぐについたようで親方がふたりの武家に首肯《しゅこう》した。すると最初に親方に話しかけた武家が、

「元九郎《げんくろう》、これへ」

と声を張り上げると小屋の中に待機していたか、そこからゆらりと大男が姿を見せた。

なんとも大きな男だった。

身丈七尺五、六寸（約二百二十七〜二百三十センチ）か、体重も五十貫《かん》（約百八十八キロ）は優に超えていよう。剛毛が胸から両の肩まで伸びて背中まで広がっていた。また顔がなんとも大きく、顎が突き出ていた。

この場に谷風をはじめ、数多《あまた》の江戸相撲の力士がいたが、体の大きさでは元九郎と呼ばれた若者に敵《かな》う者とてなく圧倒されていた。

「なかなかの体でごんす」

谷風が鴻巣親方に言いかけた。すると元九郎が両手で自分の頬を、

ばしばし

と音がするほど叩いて気合いを入れた。

「大関、あの者、わが高遠《たかとお》領内の山室《やまむろ》の杣《そま》の倅にございましてな、子供のころより腕力衆《しゅう》に優《すぐ》れ、父親と山歩きをして足腰を鍛えたせいか、かような大男に育ちました。あの界隈で元九郎に敵う者はありませんで、元九郎は熊や猪《いのしし》相手に素手にて戦《たたこ》うてきたのでござる。当人のたっての願いで、江戸相撲がどれほど強いものか、知りたいとわが殿に願い出ましてな、そこで殿にかくの如《ごと》く江戸に出る機会を作っていただいたというわけにござる。谷風関、迷惑とは存ずるが、元九郎の相手をしてくれまいか」

信州高遠藩内藤《ないとう》家の家臣須崎権兵衛《すざきごんべえ》が願った。

「須崎どの、いくら腕力衆に優れた者とはいえ、わが伊達家お抱えの大関谷風といきなり相手とはいきませぬぞ。さような話ではなかったはずにございましょう」

伊達家仙台坂下屋敷の用人角川晋五郎《かどかわしんごろう》が困惑の体《てい》で言い出した。鴻巣親方も、

「須崎様、素人衆相手にいきなり谷風は困ります。まずは三段目辺りの者と稽古させてはいかがにございますな」

と提案した。

「なに、三段目じゃと、それではその者たちが可哀相《かわいそう》じゃ、元九郎に投げ飛ばされて足腰の骨を折ることになったら、相撲取を辞めねばなるまい」

須崎はよほど元九郎の大力《だいりき》に自信があるのか言い募《つの》った。

元九郎はその言葉をただぼうっと聞いていたが、稽古を終えた面々が、

むうっ

とした顔で須崎と元九郎を睨んだ。

「鴻巣親方、わしに相手をさせてくだせえ」

と雲州《うんしゆう》侯のお抱え力士、十両の清美潟善五郎《きよみがたぜんごろう》が名乗りを上げた。清美潟は今でこそ十両に落ちたが、一年前は幕内力士でなかなかの相撲巧者《こうしや》の上に体も大きく、力も強かった。

「十両力士か、致し方あるまい」

須崎が元九郎の相手に得心《とくしん》して、江戸相撲十両の清美潟と素人の元九郎の取り組みが決まった。

「わしが行司《ぎょうじ》を務めよう」

鴻巣親方自ら名乗りを上げ、

「東、清美潟善五郎、西、高遠の元九郎」

とふたりを土俵に呼び上げた。

元九郎の大きさは土俵に上がってよく分かった。清美潟と頭ひとつどころかふたつ分は違った。

「構えて」

と行司役の鴻巣がふたりに声をかけると清美潟は仕切り線で腰を落としたが、元九郎のほうは、土俵の徳俵に両足を乗せて棒立ちだ。

「そなた、相撲を知らぬのか」

鴻巣親方が困ったという顔をした。

幹次郎は元九郎の茫洋《ぼうよう》とした目に訝《いぶか》しい光が宿ったのを見た。

「番方、おかしいな」

「神守様、相撲は体の大きさじゃございませんよ。清美潟はなかなかの相撲上手、相手は相撲も知らぬ杣の倅、話になりますまい」

仙右衛門が幹次郎の言葉を聞き違えて答えた。

「番方、嫌な感じが致す」

「嫌な感じとはなんですね」

「あの元九郎、姿は人じゃが、ひょっとしたら、魑魅魍魎《ちみもうりょう》、あるいは妖怪かもしれませんぞ」

「まさか高遠藩内藤の殿様がそのような者を江戸に出すわけもございますまい。まあ、勝負を見れば分かります」

仙右衛門が答えたとき、鴻巣親方が、

「元九郎、腰を落とせ、腰を落として構えるのが相撲の始まりじゃぞ」

と注意して、ようやく元九郎が無様にも尻を高々と上げて前傾姿勢を取った。

見物から笑い声が上がった。

清美潟が一瞬先に突っ込み、腰高の胸をひと押しすれば尻餅をつく。相撲では常識だった。

「待ったなしにございます」

と両者に注意した鴻巣親方がふたりの拳《こぶし》の位置を見た。

清美潟の左拳は土俵についていたが右はまだ虚空《こくう》にあって、ぶらぶらしていた。

一方、元九郎は拳ではなく両の掌《てのひら》がぴったりと土俵の砂につけられていた。

二

なんとも奇妙な構えだった。

見物の町人は、

「見たか、信濃《しなの》の山猿め、相撲の取り方も知らないで江戸相撲の力士に挑《いど》む気だぜ」

「あんなでくの坊の相手をさせられる清美潟が可哀相だぜ」

「立ち合い一発、尻餅をつかせねえ」

などと勝手なことを言い合った。

「見合って」

と両者の呼吸をみた行司役の鴻巣親方が、

「はっけよい、のこった」

と勝負を宣告した。

幹次郎は元九郎の掌の動きを凝視《ぎょうし》していた。

鴻巣親方の声と同時に砂にべたりと広げられていた掌が素早く翻《ひるがえ》り、左手を

猫だましにちらりと見せておいて右手が立ち上がった。ぶちかましに出る清美潟の頬桁《ほおげた》を、

ばちん

と先制して叩くと清美潟は横手に吹っ飛び、土俵の外へと転がって、口から血を噴き出して悶絶《もんぜつ》し、痙攣《けいれん》し始めた。

土俵の内外では一瞬なにが起こったか分からない様子で鴻巣親方も茫然《ぼうぜん》と中腰のまま竦《すく》んでいた。それほど速くて強い元九郎の張り手だった。

鴻巣親方は元九郎を見た。

大男は腰高の構えのままに張り手を飛ばしていた。なんとも凄《すさ》まじい腕力だった。

「元九郎の張り手にて勝ちにございます」

勝ち名乗りを授ける鴻巣親方の声が震えていた。

「医者を呼んでくだされ」

「いや、医者のもとに運んだほうが早うごんす」

ざわめく清美潟の朋輩《ほうばい》を尻目に悠々と棒立ちで勝ち名乗りを受けた元九郎が辺りを睥睨《へいげい》するように見回した。

土俵下で清美潟の痙攣がことりと止まった。

「死んだ、清美潟がおっ死《ち》んだ」

と仲間が呟き、

「畜生、清美潟の仇《あだ》を討つぞ」

「よし、こいつを叩きのめせ、蹴《け》り殺せ」

土俵に殺到《さっとう》しようという力士連の前に両手を広げて立ち塞《ふさ》がったのは谷風だ。

「待て待て、待たんかい。清美潟善五郎は尋常《じんじょう》の勝負で負けなすった。衆を頼んで仇を討つのは清美潟の名を穢《けが》すでごんす。また江戸相撲の恥にごわす」

と大関谷風が言い切った。

「大関、ならばわしがこやつと一番取るでごんす。土俵の上の勝負ならよかでごわしょう」

江戸相撲で巨漢力士のひとり、荒雲光三郎《あらくもこうざぶろう》が名乗りを上げた。

「荒雲関、この場は谷風に任せてくだされ」

「なに、大関がこやつと勝負をなさるか。こいつのは相撲じゃごわせん、殺しじゃぞ」

「わしはこの者と取り組んでみたい、それだけのことでごわす」

決意を胸の奥に秘めた谷風梶之助が土俵に上がろうとした。

元九郎を江戸まで連れてきた高遠藩の須崎権兵衛も予想外の出来事にしばし言葉を失い、

「これ、元九郎、手加減せぬか。これは相撲じゃぞ、殺し合いではない」

慌てて叫んだ言葉がその場の力士たちを却《かえ》って憤激《ふんげき》させた。

「なにっ、江戸相撲のわしらと相撲を取る素人に手加減せよと命じなさるか」

と須崎に詰め寄った。

「引け、引かんかえ」

谷風がふたたび制して土俵の内外を重苦しい沈黙が支配した。

ぽんぽん

まわしを掌で叩いた谷風が土俵に上がろうとしたとき、伊達家家臣の出水《いずみ》兵衛左ヱ門《ひょうえざえもん》が、

「大関、お待ちあれ」

と声をかけた。

「お止めなさるはどなた様にごんすか」

「それがし、伊達家剣術指南出水兵衛左ヱ門でござる。この元九郎と申す者、人

に非《あら》ず、魑魅魍魎が人に体を借りての所業《しょぎょう》と推察した。天下の大関が相撲を取る相手ではございませんぞ、大関の名が穢れます」

と言い放った。

幹次郎と同じ推測を元九郎に感じた者がいた。

「高遠藩須崎権兵衛どの、この者を引き取り、国許《くにもと》の山にお返しあれ」

と出水が須崎に願った。

「出水どのと申されたか。どのような謂《いわ》れで元九郎の正体は魑魅魍魎と申されるか。旗色《はたいろ》が悪くなったからと申せ、人ではないと断じて勝負を避けるなど許せませぬ」

須崎が今度は反論した。

「ならばそれがしがこやつの正体を見届けん」

と出水が羽織を脱ぎ、大刀を片手に土俵下まで歩み寄り、

「大関、そなたが出る場ではござらぬ。この場はそれがしに」

と言いかけた。

「魑魅魍魎とは妖怪変化《へんげ》の類《たぐい》にごわすか」

谷風が問うた。

「信州の山奥に棲息《せいそく》する狼《おおかみ》や猪など山神《やまのかみ》の異気が生じさせたすだまにござってな、人ではござらぬ」

「なんとのう」

谷風が土俵に独り聳《そび》え立ち、辺りを睥睨する元九郎を見上げた。すると元九郎の両目から異様な光が放たれた。

「いかにもこの者、人のかたちに化けた妖怪かもしれぬ」

と谷風が一歩引くと、代わって出水が草履を脱いで足袋《たび》跣《はだし》になり、土俵に上がった。

「神守様、えらいことになりましたな。出水様はどう始末をつけなさるおつもりでございましょうな」

仙右衛門が拳を握りしめて呟いた。

「さあてな、刀に宿る霊気で異気を鎮《しず》めなさる企てにござろうか」

幹次郎が応じたとき、出水兵衛左ヱ門が、

「化け物、信濃の山に大人しく戻らぬか、ならばこの場は見逃して進ぜよう」

と言いながら一剣の柄に右手を掛けた。

その出水の言葉に応じたのはなんとも不気味で寒々とした笑い声であった。それは明らかに人が発する笑い声ではなかった。

元九郎が両腕を高々と広げ上げた。

「致し方ない」

と漏らした出水が刃を抜くと、鞘《さや》を土俵近くにいた朋輩に預けようとした。

その瞬間、それまで不動だった元九郎が出水に素早く歩み寄ると、高々と上げていた右手を伸ばして出水の襟首を鷲摑《わしづか》みにしようとした。

七尺五、六寸はあろうという巨漢の動きは俊敏《しゅんびん》を極めていた。

だが、出水も仙台藩伊達家の剣術指南のひとり、殺気を察知して左手の鞘尻で元九郎の鳩尾《みぞおち》を突くと、巨漢の横手に回り込み、間合を空けた。そして、鞘を、ぽいと朋輩の者に投げた。

出水兵衛左ヱ門が剣の柄を両手で保持して、体の向きを変えた元九郎と向き合った。

正眼《せいがん》に構えた剣の切っ先と元九郎の体との間合は五尺（約一メートル五十二センチ）とない。元九郎が手を伸ばせば、出水の剣を払えそうな距離だった。

だが、出水兵衛左ヱ門の、
ぴたり

と構えた正眼に隙《すき》はなかった。

「そなたの体に宿る魑魅魍魎は狼か猪か、はたまた山神か。正体を見せよ。出水兵衛左ヱ門が成敗《せいばい》してくれん」

と面と向かって改めて宣言する声に元九郎は不気味な笑い声で応え、腰を落として悠然と四股を踏む構えを見せた。

巨漢の片足が天を衝《つ》くように上げられ、思わず出水が見事な四股に見惚《みほ》れて攻めの姿勢を忘れた。

「どすこい」

と奇妙な声色の掛け声が元九郎の口から迸《ほとばし》り出ると、虚空に上げられた足が土俵を目がけて振り下ろされた。

どしん！

と鈍い音を響かせて元九郎の大きな足が土俵にめり込んだ。すると剣を構える出水兵衛左ヱ門の体が虚空に浮いて横倒しになった。

あっ！

という驚きの声は恐怖に変わった。

立ち上がろうとする出水に元九郎のもう一方の足がふたたび虚空を突くと、その足が立ち上がろうとする出水の腹を目がけて振り下ろされた。

出水が必死の形相《ぎようそう》で転がり逃げた。それまで出水が転がっていた場に元九郎の大足がめり込んで、土俵上を転がる出水の体を虚空に浮かせた。

なんとも凄まじい脚力《きやくりよく》で、元九郎が四股を踏むたびに焙烙《ほうろく》の上の豆の如くに出水の体が飛び上がり、飛び上がるたびに出水が追い詰められていった。

「神守様」

仙右衛門が幹次郎を思わず呼んだ。

元九郎の四股で土俵の外まで揺れ動いて、伊達家の家臣も身動きつかないことを幹次郎は見て取っていた。

「番方、助勢を致す」

「頼みます」

だれの目にも土俵を支配しているのは元九郎と映った。もはや出水は土俵の徳俵に追い詰められ、次の足の振り下ろしで、体が押し潰されると推測された。

羽織と草履を脱ぎ捨てた幹次郎はその場に立ち上がった。

地響きの余波《よは》は続いていた。

だが、幹次郎は両足を広げて大地を踏みしめ、刃渡り二尺七寸（約八十二センチ）の大業物《おおわざもの》を高々と差し上げた。すると幹次郎が立つ周囲の地響きが鎮まった。

「伊達家のご一統に申しあぐる。吉原会所神守幹次郎、不躾《ぶしつけ》ながら助勢致す、差し出がましき行い、お許しあれ」

宣告した幹次郎の口から、

けえええつ

という怪鳥《けちょう》の鳴き声にも似た気合いが発せられ、土俵に向かって走り出した。

土俵上では元九郎が今しも出水兵衛左ヱ門の胸に利き足の右足を踏み下ろそうとしていた。

幹次郎が土俵の手前二間（約三・六メートル）のところから跳躍した。

豊後岡《ぶんごおか》藩の城下を流れる玉来川《たまらいがわ》の河原に立て並べた流木の頂《いただき》を赤樫《あかがし》三尺三寸六分（約百二センチ）の木刀で渾身《こんしん》の一撃を叩き続けて会得した薩摩示現流《さつまじげんりゅう》の業前《わざまえ》だ。

土俵上で睥睨する七尺五、六寸の元九郎を見下ろすほどに跳躍した幹次郎の愛剣の峰が背中を叩き、その反動とともに、

ちぇーすと！

の薩摩示現流独特の気合いが仙台坂の伊達家下屋敷に響き渡った。

元九郎が振り下ろそうとした右足を虚空に置いたまま、両手を伸ばして幹次郎の頭上からの攻撃を躱《かわ》そうとした。
だが、幹次郎の一撃は元九郎の右手を両断すると、
ぎゃぎゃあ
絶叫が辺りに響き、さらに刃は額に迫り、斬り割った。
元九郎の体が横倒しに土俵下に転がると、先を失った右腕を抱えた元九郎の口から怪しげな異気《いき》が飛び出して、目に見えない何物かが、
「おのれ、覚えておれ」
と言い残し、虚空に溶け込むように気配を消した。
幹次郎が、
ふわり
土俵の真ん中に下りた。
その傍らに幹次郎が斬った元九郎の右手が転がっていた。
ふうっ
と息を吐いたのは徳俵から起き上がった出水兵衛左ヱ門だ。
幹次郎が血に塗《まみ》れた一剣を下げて土俵の外に出て、

「出水様、差し出がましい節介《せっかい》をし申した」

と詫《わ》びた。

「そなた、薩摩藩のご家中か」

出水は幹次郎の勝負前の宣告を聞いていなかった。元九郎の攻めに追われて聞く余裕などなかったからだ。

「いえ、吉原会所に拾われた身にございます」

「吉原会所に豪剣の裏同心どのがおられると噂に聞いたがお手前か。して姓名の儀は」

「神守幹次郎にござる」

「流儀は薩摩示現流じゃな」

幹次郎は故郷の河原で偶然にも会った老武芸者に東郷重位《とうごうしげかた》が流祖の流儀の手解《てほど》きを受けたことを告げ、

「それがしの技が薩摩示現流の教え通りか、自信がございません。手解きを受けたのはほんのしばらくの間、あとは独習にございましたでな」

「いや、そなたの剣に助けられた。神守どのに詫びられるどころか、礼を申すのはそれがしのほうにござる」

出水兵衛左ヱ門が鷹揚に笑ったものだ。

ふたりが土俵下を見ると剛毛が覆った大男の骸《むくろ》が転がっていた。それは最前の覇気《はき》など感じられず、襤褸《ぼろ》切れのように見えた。

「元九郎」

高遠藩の須崎権兵衛が茫然自失《じしつ》した顔でよろよろと土俵下まで歩み寄った。

「須崎どの、いかなる所存で人でもなき妖怪とわが抱え力士の谷風とを勝負させようなどと企まれたか」

伊達藩下屋敷用人の角川晋五郎が須崎に詰め寄った。

はっ

とした須崎が、

「角川どの、それがし、元九郎の体内に魑魅魍魎が棲みついておるなど、全く気づかぬことでござった。ただ体の大きさと力の強さに惚れて、殿様のお抱え力士にしたい一心でかような願いをなしたまでにござる。なんともお詫びのしようもない」

最前とは一変して平謝りに詫びた。

「この始末、あとでつけとうござる。元九郎の亡骸《なきがら》を早々に屋敷に持ち去られよ」

と角川用人が須崎に厳命した。

仙台藩伊達家と高遠藩内藤家では家格《かかく》も禄高《ろくだか》もまるで異なった。こうなると須崎も抗弁《こうべん》のしようもない。待機していた家臣を呼んで、すごすごと元九郎の亡骸を仙台坂の伊達家下屋敷から運び出していった。

幹次郎が土俵下にあった桶《おけ》の力水《ちからみず》を借りて、愛剣の血を洗い清めた。そこへ大きな影が近づいてきて、

「谷風にごんす、本日は危ないところを助けてもらいました。お礼の言葉もないでごんす」

天下の大関が幹次郎に頭を下げようとした。

「大関、それはやめていただきたい。それがしと番方、昨夜の不始末を詫びに来て、かような仕儀《しぎ》に立ち至ったのでござる。謝罪するのはわれらが先にござる」

と横車が刺された騒ぎを思い出させた。

「なに、横車の怪我を詫びに来られたでごんすか」

谷風が言うところに鴻巣親方が仙右衛門を伴い、やってきた。

「大関、吉原会所の頭取から見舞金を頂戴した」

「有難うごんす」

「大関、昨夜、山口巴屋で挨拶に出られた汀女先生を覚えておられような」

「おお、忘れるものか。玉藻様と姉妹のようで、ふたりして美形であったでごんす」

「汀女先生の亭主どのがこの神守幹次郎様じゃそうな」

「なんと、汀女先生の亭主どのがこのお方でごんすか、なんとも羨《うらや》ましいことにごんす」

「大関、それどころではないわ。三浦屋の薄墨太夫がこの神守様にぞっこんとか。吉原にあってこれほどの女長者もございませんぞ」

「女長者な、なんとも幸せ者にごんすか」

「大関、親方の戯言を真《ま》に受けてはなりませぬぞ。われら、会所の男衆は遊女衆の僕《しもべ》にござってな、遊女衆の無事の勤めを願って、ただひたすら汗を流す者にございます」

　と幹次郎は応じた。

「大関、一度吉原会所の四郎兵衛様にお礼に参らねばなりませんな」

　と角川用人が言い、

「その節は、それがしもお加えくだされ。それがし、遊女衆もさることながら、神守幹次郎どの方の働きぶりが知りとうござる」

と出水兵衛左ヱ門が加わり、

「十一月場所を無事に打ち上げた暁《あかつき》には吉原に繰り出そうかな、親方」

「任せておきなされ」

鴻巣親方がだれを旦那に付けて吉原に繰り出そうかと算段する顔で応じたものだ。

幹次郎はそのとき、横車を刺した人影と元九郎の巨体を借りて棲んでいた魑魅魍魎が同じ仲間かどうか、思案していた。

三

三浦屋の薄墨太夫は禿《かむろ》の小花《こはな》を従えて、吉原の湧水《ゆうすい》が造り出した天女池を訪れることにした。

小花は閼伽桶《あかおけ》を提《さ》げ、薄墨の手には数珠《じゅず》があって胸には線香が抱かれていた。

小花は本名をおみよという。姉のおこうが揚屋町の花伊勢から小紫の名で出ていたが、先年の大火で逃げ遅れ、この湧水池で小紫の衣裳を着た焼死体が見つかった。当初、炎にまかれ、大火傷を負いながらも池の水に一縷《いちる》の救いを求めて飛び込んで死んだと推測されていた。

だが、真相は異なっていた。

炎にまかれて逃げるおこうは吉原の黒湯《くろゆ》の女衆お六と行き会い、咄嗟の判断でお六を簪で刺すと自分の焼け焦げた打掛を着せかけ、自らが死んだように装った。その凶行を見ていた者がいた。吉原に遊びに来ていた浪人佐野謙三郎だ。炎に浮かんだ小紫の妖艶《ようえん》さと大胆さに惚れた佐野は、お六を池に投げ入れよと知恵をつけたばかりか、猛火を逃れて吉原の外に抜け出て、手に手を取ってふたりは逃亡したのだ。

吉原会所も花伊勢も、小紫があの夜焼死したものとばかり思っていた。

だが、ひょんなことから小紫ことおこうが相州江ノ島に生きていることが判明した。

一方、同じころ、おこうの爺様と妹のおみよが結城からおこうの供養の野地蔵を伴って吉原を訪れていた。

おみよは姉が存命であることを知らなかったと思われたが、爺様の又造《またぞう》はそのことをすでに承知していた。おこうが又造に逃走の費えを願っていたからだ。そこで又造は妹のおみよを吉原に売って、姉おこうの頼みに応えようと吉原を訪れたのだった。

おこうの焼死、江ノ島で小紫を見かけたという情報、それに結城から出てきた又造とおみよの行動を組み合わせて、始末をつけたのは神守幹次郎と仙右衛門だ。おみよの美しさと賢《かしこ》さを高く買ったのは薄墨太夫であった。そこで、吉原会所では姉が人を殺《あや》めた真相を告げずに、おみよを吉原で奉公させることにした。実はおみよは、又造や両親の話を漏れ聞いて、おこうが足抜し存命であることを知っていたが、のちに姉の足抜が罪であると理解し、吉原で生きる決意をしたのだった。薄墨は、

「自分の手元でおみよを一廉《ひとかど》の花魁に育て、姉おこうの分も吉原に恩返しさせます」

と手元に引き取り、禿として育てていた。

蜘蛛道を乾いた寒さと暗さが支配していた。人ひとりがようやく抜けられる蜘蛛道を薄墨太夫と小花は天女池へと向かっていた。

不意に行く手に人影が立った。

斜めに体を構えた、懐手《ふところで》の着流しの男だった。

薄墨太夫は薄闇を透かして相手を確かめた。

吉原の男衆ではないと直感した。どこか痩身《そうしん》に危険な雰囲気を漂わせていた。

太夫は武家の出で、本名を加門麻《かもんあさ》といった。物心ついてより武家の娘の心得をひと通り、仕込まれてきたのだ。また吉原に入ってのち、松の位《まつのくらい》の太夫に昇り詰めるに必須の知性と教養を叩き込まれ、相手する客は大身旗本《たいしんはたもと》や、大名の血筋であったり、豪商であったりと一廉の人物ばかり、なにごとにも動じない胆力《たんりょく》も備えていた。

「おまえ様は吉原の男衆ではございませんな」

相手は答えない。

「といって客でもなさそうな。私どもはこの先の池に参り、野地蔵様に線香と花を手向けて、先の大火で亡くなった朋輩衆やお客様の供養をと考えておるところです。道を空けてもらえますか」

「麻」

痩身の男が呟くように言った。

「そなた、この私の出自を承知ですか」

ふっふっふ
と含み笑いが漏れた。

「貧乏旗本の娘が御免色里の太夫のひとり、それも高尾と評判を二分する薄墨太夫とはな」

薄墨は薄闇を透かして相手の顔を確かめようとした。だが、男の顔は背に光を負っているだけに暗く沈んでいた。

「分からねえか」

昔、加門家で奉公していた者かと思った。麻を知る男など屋敷内にいた者しかいなかった。だが、覚えているかぎり、このような家来はいなかったはずだ。

(お琴の稽古場で会った人物であろうか)

薄墨の脳裏にその男の名が閃《ひらめ》いた。

「分かりました。旗本三百七十石、御天守番頭《おてんしゅばんがしら》町野《まちの》欽五郎《きんごろう》様次男、参次郎《さんじろう》様にございますね」

「ほう、覚えていてくれたか。お袋が生涯部屋住みで過ごすより琴を習うて師匠になり、弟子を取れば食いはぐれはねえって言うんでさ、麹町《こうじまち》の生田流箏曲《いくたりゅうそうきょく》師匠の元に住み込み修業に出された。おれに格別歌舞音曲《かぶおんぎょく》の才があったわけでなし、十四の麻が稽古に通ってこなければ、すぐにも飛び出していただろうぜ」

稽古の最中から大雨が降り出したその日、参次郎は加門麻を屋敷まで送っていった。師匠に命じられたからだ。

雨に風が混じり、傘が壊れた。

ふたりはやむなく檜皮葺《ひわだぶ》きの渋い門の下へと駆け込んだ。

風を伴った驟雨《しゆうう》はいつやむとも知れず降り続いた。

世界が暗く沈んでいた。

麻は篠突《しのつ》く雨の飛沫《しぶき》を見るともなく見て、その日の稽古で注意されたことを思い出していた。

不意に参次郎が麻の体を抱きしめて、顔を麻の顔に重ねようとした。

「なにをなさるのです、参次郎様」

麻は参次郎の手を振りほどくと間合を取って睨んだ。

「なんたる不心得にございますか」

「麻、そなたが好きだ」

「お武家様の子弟がさような言葉を軽々しく吐かれるものではございません」

「好きだから好きと言って、なにが悪い。なんならこの場で手籠めにしてもよい」

その言葉を聞いたとき、麻は咄嗟に驟雨の中に飛び出していた。

参次郎も麻を追おうとした。だが、偶然にも麻を追うように一丁の駕籠が、えいほえいほ、と雨の中をやってきて参次郎の動きを封じた。

このことを麻は母にも師匠にも告げなかった。

「参次郎様には才がございました。お師匠の美作嘉調《みまさかかちよう》様もそなたの才を密かに買っておいででした」

「だからって、閨《ねや》に引き込もうなんて魂胆を起こすこともあるまい」

「どういうことですか」

「おまえが母親に話したかどうかは知らない。だが、師匠め、おれを破門する代わりにおれを衆道に引き込もうとしやがった。その日、おれのほうからおん出て、草鞋を履いたのさ」

「たしか師匠の手文庫《てぶんこ》の金子が何十両か消えた騒ぎがございましたね」

「覚えていたか、十年近く前のことだぜ」

と参次郎がふてぶてしく笑った。

「そのお方が何用あって私の前に姿を見せられましたな」

「大坂《おおさか》辺りから西国《さいごく》筋へと長い旅暮らしをする間に、二本差しの身分は忘れ、渡世人夜嵐の参次に変わったんだ。江戸に戻り、偶然にもおめえの花魁道中を見たとき、白塗りの顔に見覚えがあるような気がしてな、調べたってわけよ。加門麻が今をときめく薄墨太夫とはな。おれと同じくおめえがたっぷりと泥水に浸かった暮らしをしていたとはな」

「参次どの、そなたとは違います。私は自らの道を選んで、この吉原に参りました。いささかも自堕落《じだらく》な暮らしをした覚えはございません」

「そうかえ、女郎が大した言い草だぜ。売り物に買い物だ、おめえがどのような客に肌身を触らせようと致し方ねえ。だが、吉原会所の用心棒侍といい仲じゃそうな。許せねえ」

「なんとまあ、貧《ひん》すれば鈍《どん》するとはこのことにございますか。今さらなんの用で、この薄墨の前に落ちぶれた姿を曝されましたな」

「言ってくれるぜ。おれが無頼《ぶらい》の道に走ったのはおまえの仕打ちが大因《おおもと》よ。その借りを返してもらおうとこうして姿を見せたってわけだ。とことんいたぶって、おめえの商いの邪魔をしてみせるぜ」

「ここは御免色里の吉原にございます。そのような馬鹿げた真似ができるかどうか」

「おめえが言うなら、試してもいいぜ」

懐手の夜嵐の参次が言った。

薄墨太夫は参次の背後に細身の影がひっそりと忍び寄ったのを見ていた。

「やってごらんなされ、吉原じゅうがそなたの敵に回りますぞ」

「ほう、そうかえ」

と参次の懐手が動いて、襟から黒光りするものが見えた。

そのとき、参次の背後から声がかかった。

「薄墨太夫、助勢を致しまする」

と汀女の凜《りん》とした声が響いて、参次が後ろを振り向くと懐剣《かいけん》を手に構えた女が立っていた。

「だれだ、てめえは」

「吉原会所裏同心神守幹次郎が妻女《さいじょ》にございます」

「なに、神守の女房だと。麻、知り合いか」

参次が汀女から薄墨へと視線を戻した。すると薄墨の手に簪があって、逆手《さかて》に構えられていた。

「汀女先生はこの薄墨の姉上同然のお方にございます」

「前門に女虎、後門に女狼かえ」

参次の怒《いか》った肩が下りて不意に懐手が抜かれた。

「麻、また会おうぜ」

と言い残した参次が蜘蛛道の中でもさらに細い路地へと体を横にして入り込ませて姿を消した。

「汀女先生、助かりました」

「なんのことがございましょう。太夫が約束の刻限に姿を見せられないのは珍しいこと、三浦屋様を訪ねようと戻ってきたところです」

汀女が懐剣を古裂《ふるぎ》れの袋に入った鞘に納めて蜘蛛道から天女池の端へと戻った。

薄墨も小花を連れて従った。

三人は野地蔵を水で浄《きよ》めて野菊を捧《ささ》げ、線香を手向け、先年の吉原炎上で亡くなった女衆や男衆を悼《いた》んで手を合わせた。

その帰り道、小花を先に楼へと戻らせた薄墨が、汀女に最前の男が何者か告げた。

「町野参次郎が十年近く後に夜嵐の参次というふたつ名の無頼者に姿を変えまし

たか。あの者の本意はどこにございましょうかな」

汀女が薄墨に問うた。

「嫌がらせにございましょう」

「見当違いも甚《はなは》だしい、金子を乞うたわけではございませんね」

「いえ、それは」

「さて、今ひとつ参次の行動が解《げ》せませぬな」

汀女は、まさか参次が幹次郎を待ち伏せしていたなどとは知らなかった。だが、これは早々に吉原会所に告げておくべきことだと思った。そこで揚屋町の通りに出たふたりはその場で別れ、汀女は吉原会所に向かった。


汀女が吉原会所に着いたとき、幹次郎と仙右衛門が大門を潜って姿を見せた。

「おっ、会所のお偉方が顔を揃えられたぜ、なんぞこれから談合にござるかな」

面番所から隠密廻り同心村崎季光の声がして、三人が振り向くとなんぞ魂胆がありそうな顔が汀女を見ていた。

「村崎様、亭主どのの顔を見に来たところです」

「夫婦ではござらぬか、互いに見飽きるほど見ていよう」

「村崎様、それがどれほど見合っても飽きが来ませぬので」

「言いやがれ」

と舌打ちした村崎が面番所の中に姿を消した。

「ご苦労でした」

と汀女が迎え、

「どちらに参っておられました」

と遠くから歩いてきた風のふたりを迎えた。

「芝外れの仙台藩伊達家の下屋敷に相撲の朝稽古を見物に行ったのだ、相撲の稽古は厳しいものだな」

幹次郎が面番所に姿を消した村崎が聞き耳を立てていることを承知で大きな声で告げていた。

「昨日は谷風関、小野川関の土俵入りを見物、今朝は朝稽古を見に行かれましたか、相撲づいておられますな」

「なにしろ谷風関は天下無双の大関じゃからな」

と応じながら三人は会所の敷居を跨いだ。

七代目頭取四郎兵衛が控える座敷に通った三人を四郎兵衛がお茶を淹《い》れて待っ

ていた。会所の前で交わされた会話を聞いて仕度をしていたのだ。

「汀女先生、神守様が多忙ゆえ存分に顔を合わせる時間も作れませず、恐縮至極にございますな」

笑みの顔で汀女にまず茶碗を差し出した。

「頭取、恐縮にございます、天女池の野地蔵参りに行きましたで喉が渇きました。頂戴します」

汀女がゆっくりと温《ぬる》めに淹れられた茶を喫して、

「甘露《かんろ》にございました」

四郎兵衛の茶の淹れ方を褒めた。

「汀女先生、なにがございましたな」

四郎兵衛は、汀女の声のわずかな高ぶりを聞き逃さなかった。

「野地蔵参りに行くのは二日前から薄墨様との約束にございました。ですが、約《やく》定《じょう》の頃合いになっても薄墨様が姿を見せられませぬ。野地蔵に軽く手を合わせて三浦屋を訪ねてみようと蜘蛛道に入りますと、薄墨太夫と小花さんのふたりの前に立ち塞がる人影がございました」

「人影、吉原の者ではないのですな」

「直参旗本御天守番頭町野欽五郎様次男の参次郎という者にございました」

「参次郎とな」

と幹次郎がまずその名に反応した。

「幹どの、なんぞ思い当たることがございますので」

「昨日、湧水池の端に誘い込むようにして待ち伏せを食らわせた者が、夜嵐の参次と名乗ったのだ。だが、直参旗本の次男坊ではないだろう」

「いえ、その者にございました」

「なに、夜嵐の参次は町野参次郎と同じ人物か」

「はい」

応じた汀女が薄墨太夫から聞いたばかりの話を四郎兵衛らに告げた。

「逆恨みともいえぬ理由で薄墨太夫を付け狙うか。昨日の神守様への名乗りといい、額面通りにこの者の言葉を信じてよいものか」

四郎兵衛が話を聞いて呟いた。

「江戸に十年近く後に戻ってみたら、その昔一方的に惚れていた加門麻が今をときめく薄墨太夫に変わっていた。そこで嫌がらせに吉原を訪ねて、まずは神守様に命をもらうと宣告した。そして今日、当の薄墨太夫に嫌がらせを告げた。七代目が申されるように、額面通りには受け取れませんな」

と番方が首を捻った。

「番方、横車を襲った着流しの男がおる。昨日からのつながりでいうとこの影が夜嵐の参次であっても不思議ではございますまい」

「となれば昔、加門麻に恋心を抱いていたとか、神守様が薄墨の信頼が厚い人物だから狙うとか、そんな次元の話ではありますまいな」

四郎兵衛も言い切った。

「いかにもさようでございます」

と答えた仙右衛門が、こんどは仙台坂の伊達屋敷の相撲稽古の最中に起こった不可思議な話を伝えた。

「なんですと。いくら体が大きい、力が強いというたからとて、江戸相撲の大関と相撲で張り合おうなんて無茶な話だ。元九郎なる者は人ではないのですな」

「七代目、人のかたちをした魑魅魍魎か、信濃の山奥に棲む妖怪の類と神守様の示現流が暴き出されましたので」

「なにやらきな臭《くさ》い臭《にお》いが漂ってきましたな。那辺《なへん》に狙いがあるのか、今のところは見当もつかない」

「あらゆることを見逃さずに夜嵐の参次の背後にいる者の真意を知ることが肝要ですぞ、番方」

へえ、と腹心の部下が応じて、汀女が、

「最前薄墨様から聞いた言葉を言い忘れておりました」

「なんだな、姉様」

「夜嵐の参次が懐手に握っていたものは匕首ではございませんそうな、うす暗い蜘蛛道ゆえなんとも言い切れませぬが、南蛮渡来の短筒《たんづつ》の銃口を覗かせたというのです。参次が長崎《ながさき》に長く滞在していたとき、入手したものでしょうか」

汀女の言葉を三人の男は胆に銘《めい》じた。

四

その日、夜見世を前にして幹次郎は、馬喰町《ばくろちよう》の虎次《とらじ》親方が主の煮売り酒場を訪ねた。身代《みが》わりの左吉《さきち》に会いたくてのことだ。身代わりなどという職業があることを左吉に会って、幹次郎は知った。

人はそれぞれ事情を抱えて生きている。間違いや行き違いなどで、町奉行所の厄介になる罪を犯す者もいる。だが、その人物が大店《おおだな》の主であったり、多くの職人を抱える大工の棟梁《とうりよう》だったりした場合、何月か小伝馬町《こでんまちよう》の牢屋敷にしゃがむことになる。その間に、

「あそこの主は悪いことをして牢に入っているそうな、そんなお店で品物は買えませんよ」

とか、

「大工の棟梁が悪人なら職人だってどんな人物か知れたもんじゃありません。普請《ふしん》で家に入れたりしたら金品がなくなります」

などという風評が立ち、商いは立ち行かなくなり多くのお店の奉公人や職人が路頭《ろとう》に迷うことになる。

そこでなにがしかの銭が左吉に払われ、左吉が身代わりとして牢屋敷で過ごすことになる。むろん人殺しや強盗などという重罪の身代わりは利かない。

江戸町奉行所がただ今の検察警察の業務ばかりか、ご府内の経済行政を司《つかさど》る以上、人の雇用、失職に敏感でないはずはない。経済事犯などごく軽い罪咎《つみとが》の身代わりが左吉の仕事だ。むろん江戸町奉行所と牢屋敷の黙認があってのことで、こちらにもそれなりの金子が渡っている。

突然虎次の煮売り酒場を訪ねても左吉がいるとは限らない。だが、身代わりの左吉は涼しげな顔で熱燗《あつかん》を手酌で呑んでいた。

「おや、ちょうどよかった。相手がいないかと考えていたところですよ」

と微笑《ほほえ》んだ左吉が呑み干した杯《はい》の滴《しずく》を切ると幹次郎に差し出した。

「これは恐縮にござる。暫時《ざんじ》お待ちを」

と願うと腰から豊後行平の一剣を抜いて壁に立てかけ、左吉と向き合うように腰を下ろした。

「頂戴します」

と酒を受けた幹次郎が燗酒をゆっくりと呑み干すと、

「返杯にござる」

と左吉に杯を戻し、燗徳利の酒を注《つ》いだ。

「この刻限、わっしに会いに来なさるなんて吉原界隈でなんぞ起こりましたかな」

「いかにもさようです。左吉さんのお知恵を拝借《はいしやく》する騒ぎが立て続けに起こりましたがな、これらの騒ぎがすべてつながりがあることかどうか、会所でも迷っております」

と前置きした幹次郎は、深川八幡に谷風と小野川の土俵入りの見物に行って以来、身辺に起こった出来事を左吉に順を追って告げた。

左吉は杯の酒を舐《な》めなめ、話を聞いていたが、

「信州の山の中に育った杣の倅の体に魑魅魍魎が巣くっていましたか。世の中、なにが起こるかしれませんな。そやつ、神守様の薩摩示現流の一撃を食らって信濃に舞い戻りましたかな」

「いえ、そうは思えません。まただれぞの体を借り受けて、ふたたびそれがしの前に姿を見せるような気がします」

「魑魅魍魎とは厄介ですな、身代わりの左吉の力ではどうにもなりませんぜ」

「いえ、左吉どののお知恵を拝借したいのは、夜嵐の参次のほうにございます」

「信濃の山中に棲み暮らしてきた魑魅魍魎と参次は、まず関わりはないとみましたがな。こっちのほうはおよそ人臭い。久しぶりに江戸に舞い戻ってみたら、若かりし折り、惚れた娘が吉原一、二の太夫の座に就いていた。それを知った参次め、よからぬ嫉妬《しっと》をなしたか、なんぞおこぼれをと考えたか、およそそんなところではございませぬか」

幹次郎は左吉の考えにただ首肯した。

「吉原の遊女は客商売の極《きわみ》、いったん悪い評判が流れると真偽に拘《かか》わらず差し障りが出る。薄墨太夫の主どのも案じておるというわけですか」

「いえ、三浦屋の四郎左衛門《しろうざえもん》様の要望ではございません。今ごろ、四郎兵衛様が四郎左衛門様に会って、事情を話している刻限です。その前に少しでも経緯を知っておこうと思いましてね、左吉どのに会いに来たのでござる」

「長崎にそやつが長くいたとはね」

と左吉が考えに沈んだ。

「薄墨太夫の話では懐に隠し持っているのは匕首ではなく、南蛮渡来の短筒のようです」

「南蛮短筒は銃弾《たま》込めせずとも立て続けに撃てるものがあります。相手がその短筒を使い慣れた者なら、神守様、こいつは十分に警戒する要がございますぜ」

「立て続けに撃てるのですか」

「わっしは泉州《せんしゅう》堺《さかい》で六連発が利く南蛮短筒にお目にかかりましたが、怖い代物《しろもの》です」

と左吉が言い切った。

幹次郎は不意を襲われたときのことを考える要があると頭に左吉の忠言を刻み

込んだ。

「話は元に戻りますが、褌《ふんどし》かつぎの横車を刺した男は、夜嵐の参次でしょうかな」

「参次か、その仲間と考えられます。元九郎の体を借りていた魑魅魍魎と仲間とはまず思えません」

幹次郎の念押しに左吉が同じ答えを繰り返した。

「薄墨太夫への嫌がらせが真の狙いかどうか知りませぬが、神守様、または吉原会所の周りに悪戯《いたずら》を仕掛けておる、そのひとつにございますぜ」

「それがしも同感にござる」

「夜嵐の参次の江戸での塒《ねぐら》を探してみます」

「頼みます」

「御天守番頭の実家に舞い戻っているとは考えられませんか」

「こちらに来る前に薄墨太夫に会い、町野家が麹町四丁目の南側の平川町《ひらかわちょう》にあることを聞き出しました。されど侍の志《こころざし》を忘れた倅を町野家が住まわせるとは思えませんし、参次とて帰りづらいことでしょう」

「念のためです、探ってみます」

左吉が請《う》け合ってくれた。

「神守様、美味しい鯵《あじ》が入ったんで三枚におろしてみたんだ。どうだい、このさばき方はよ」

と自慢げに小僧の竹松《たけまつ》が見せた。

身が締まり、いかにも美味しそうな小ぶりの鯵だった。

「親方がさばいたか、竹松」

と左吉が竹松に訊いた。

「違うよ、おれだよ」

「なに、親方から包丁を使ってよいと許しが出たか」

「お仕着せの裾の下から脛《すね》が出ているようじゃ、いつまでも小僧でもあるまいってんで親方が包丁を買ってくれてよ、研《と》ぎと扱いを覚え始めたんだよ」

「それはめでたい」

「神守様、めでてえだけじゃ困るんだよ。ほれ、包丁におれの名だって親方が入れてくれたんだからさ」

懐から手拭いに包まれた小出刃《こでば》包丁を出して見せた。たしかに柄《え》に竹松と名が記されてあった。そこへ虎次が姿を見せて、

「品川沖で鯵が大量に揚がったんでね、うちも干物にでもするかとただ同然の値で仕入れたんですよ。ふと思いついてね、竹松に稽古代わりにさばかせてみるかとやらせてみると、結構器用なんですよ。そこで包丁を買い与えたってわけでさあ」

と経緯を説明した。

「竹松、包丁を見せてくれぬか」

刃が三寸五分（約十一センチ）ほどの小ぶりのものだ。

「これなればそなたの手でも扱うことができるか」

「最初からさ、ぴったりとおれの掌に柄が吸いついてきて、おれ、ひょっとしたら名人かもしれないな」

「竹松、調子に乗るんじゃない。おめえが鯵を何十尾使い物にならなくしたか、教えてやろうか」

「だって、あれはよ、今晩からのおれの菜《おかず》なんだろ」

「当たり前だ、あの鯵だって生き物だ。そいつの命を借り受けて、さばきの稽古をさせてもらったんだ。有難く食さねば勿体《もったい》ねえし、小鯵も成仏できめえ」

虎次が言うところに珍しくも虎次のおかみさんが小鯵の酢じめを運んできた。

「新鮮が取り柄《とえ》の魚だ、酢でしめてみた。食べてくだせえ、おふたりさん」

左吉と幹次郎の前に小皿が銘々《めいめい》置かれた。

「いい包丁だ。使い込んで己のものにするんだぞ、竹松」

「だからさ、もうそろそろいいんじゃない」

竹松が言い出した。

「また、神守様に催促《さいそく》か」

幹次郎は手にしていた包丁を竹松に返すと小鰺の酢じめに手を伸ばしながら、竹松を改めて見た。背丈は五尺五寸（約百六十七センチ）を超えて、ひょろりとした体つきだが若い衆と言っても通りそうだった。

「竹松、女郎の揚げ代は貯まったか」

と左吉が尋ねた。

「へっへっへ、二分ほどになったよ。親方がいくらか足してくれると言いなさるからさ、薄墨太夫と言わないまでも半籬のお女郎さんなら、なんとかならないかね」

と竹松が期待の顔で言った。

「いつまでも待たせるのは酷《こく》にござるな。正月明けの藪《やぶ》入りはおっ母さんの元に戻るのだな」

「藪入りに吉原に行っていいのなら、おれ、おっ母さんの面《つら》を見なくてもいい」

「馬鹿野郎、罰当《ばち》たりめが。小僧の藪入りはお袋のおっぱいで我慢しな」

虎次に怒鳴られた竹松がしゅんとなった。

「それがしが藪入りを持ち出したのが悪かった。藪入りは吉原も込むでな、それは避けたほうがよかろう。藪入り明けに親方、ひと晩休みを竹松にもらえぬか」

「これ以上、先に引っ張れねえな。女房も吉原の大門を潜るときに着せる縞《しま》の袷《あわせ》を用意したところだ。正月内に送り出しますかね」

「それなれば人柄がいい女郎衆を選んで竹松のことを願っておこう。なんぞ注文があるか、あるなれば今聞いておこう」

「若いほうがいいな」

「そなたが若いという年ごろはいくつだな」

「十七、八かな」

「吉原ではそのくらいの歳で妓楼から願われて旦那衆が新造《しんぞう》を突《つ》き出《だ》しにするが万金《まんきん》を積んでのことだ、金子が二分では足るまい。どうだ、そなたの姉さんほどの歳、二十二、三では」

突き出しとは新造女郎から客を取る遊女へと昇格する儀式で、楼主と姉様女郎がしかるべき旦那を選んで女にするが、そのために旦那はわずか一夜の代金に三百両から五百両を費やした。

「我慢する」

「他にはなんだ」

「気立てがよくて、丸っぽちゃの顔でさ、おっぱいは大きくなくていいからさ、鮫肌《さめはだ》なんかじゃなくて白い肌の女郎さんがいい」

「あれこれと注文をつけたな。とくと覚えたぞ。会所に戻り、七代目をはじめ、会所の衆と相談してみよう」

と応じた幹次郎は小鰺の酢じめを食して、

「馳走になった」

と言うと立ち上がった。すると左吉が、

「あちらのほうは二、三日みてくだせえ」

と願った。

幹次郎は馬喰町から吉原に戻る道中、浅草御門を見通せる四丁目で刃物屋が店仕舞いをしようとするのに目がいった。

「御免」

と店に入ると番頭風の男が、

「なんぞ御用にございますかな」

「小さな出刃をこの先の虎次親方の店で見せられたのだが、ござるか」

「親方が竹松のために誂《あつら》えた小出刃でございますね。へえ、似たのがございますよ」

「見せてくれぬか」

幹次郎の注文に応じて小出刃が何種類も上がり框の台の上に並べられた。小出刃といっても微妙に刃や柄の形が違うものがあった。

幹次郎は掌の中で持ち方を試しながら、木鞘付きの小出刃を選んだ。

「頂戴しよう」

一分二朱の代金を支払い、紙に包んでもらった。

店を出た幹次郎は浅草御蔵前通りから今戸橋へと足早に急いで、吉原へ戻る途中に浅草寺奥山に立ち寄った。

すでに奥山では小屋掛けの見世物屋は店仕舞いをしていた。

幹次郎は奥山の一角に欅の大木が何本か並ぶ明地《あきち》があるのを覚えていてそこに寄ったのだ。

人影がないのを見定めた幹次郎は紙包みを開くと小出刃を出した。そして、掌に載せると、鞘を払って切っ先から柄までの長さ形をよく見極めて、投げ打つ仕草を繰り返した。

小出刃が少しばかり手に馴染んできたのは四半刻《しはんとき》（三十分）が過ぎたころだ。続いて幹次郎は欅の太い幹に向かって、軽く投げてみた。だが、間合をはかったつもりだが、小出刃は峰から当たって幹の下に空《むな》しく落ちた。

幹次郎は手首の返しや小出刃の持ち方、投げ方を変えてあれこれと繰り返してみたが、なかなかうまくいかなかった。

ふとだれかに見られている気配を感じた。だが、幹次郎は手を休めることはなかった。

さらに四半刻後、ふわりと女が幹次郎の稽古に誘われるように姿を見せた。

「吉原会所の裏同心の旦那、出刃打ちに商売替えですか」

「そうではないのだ。いささか事情があってな」

遠くからの常夜灯のほのかな灯りに浮かぶ女の顔は、中年増《ちゅうどしま》でなかなかの美形だった。

「そなたは出刃打ちの紫光《しこう》太夫じゃな」

「私を呼び出そうとそのような真似をなされましたか」

「そうではない。やむにやまれぬ事情があるのはたしかなのだ」

幹次郎は南蛮短筒に対抗するために小出刃を懐に隠し持つことを思案したと正直に事情を告げた。

「南蛮短筒ですって」

「なんでも六連発が利くそうな。刀の間合なれば対抗する術《すべ》もあるが飛び道具が相手ではな、かようなことしか思いつかなかった」

「俄《にわ》か仕込みの出刃投げでね、命が守られるかどうか知りませんね」

薄く笑った紫光太夫が襟元から懐紙《かいし》を出すと自らの出刃包丁で欅の幹に留めた。白い紙が薄闇に浮かんだ。

「貸してごらんなさい」

幹次郎の手から小出刃を受け取った紫光太夫がしばらく掌で小出刃を遊ばせていたが、不意に投げた。手首の返しが効いた見事な投げだった。

小出刃は虚空を真っ直《す》ぐに飛んで、懐紙を貫《つらぬ》いて幹に刺さっていた。

「なんとも見事な」

「こんなこと、新入りだってできることですよ」

と答えた紫光太夫が小出刃を抜くと幹次郎に投げ打つときの構えから握り方、身の捻り、手首の返し、包丁を放つ間合などを懇切《こんせつ》丁寧に教えてくれた。

「今教えたことを頭に入れて投げてごらんなさい」

紫光太夫の注意を頭の中で何度も反芻《はんすう》し、さらにその動きを身に覚えさせた。

「よし」

と自ら気合いを入れた幹次郎は、小出刃を投げ打った。わずかに放物線を描いた出刃はそれでも白い的をわずかに外れた幹に突き立ち、刃が震えた。

「さすがに吉原会所の裏同心ですね、覚えが早うございますよ」

紫光太夫が幹次郎を煽《おだ》てて、もう一度と命じた。

幹次郎は欅の幹に刺さった小出刃を抜くと、投げた場所に戻り、そこから一間半(約二・七メートル)下がったところで的に対した。

瞑想《めいそう》した幹次郎は、ふたたび紫光太夫の教えを忠実に思い出した。

「よかろう」

幹次郎は小出刃を襟元に入れて柄から手を放した。そして、夜嵐の参次の懐手の恰好を思い出し、対決の姿勢を取った。

(最後の最後まで飛び道具があることを秘すること)

これしか南蛮短筒六連発に勝つ手はないと思った。

すいっ
と参次の懐の手が動き、銃口が突き出された。

仮想の動きを頭でなぞった。

その瞬間、幹次郎は襟の間に隠した小出刃を抜くと投げた。一直線に飛んだ小出刃は的から三寸(約九センチ)ほど離れて幹に突き立った。的が外れたことより襟元から抜く動作に時を要し過ぎると思った。

「ううーん」

と紫光太夫が唸《うな》り、

「襟元に隠すのはいけませんね。あえて相手の動きに合わせておられる」

と言った。

「どうすればよい」

「その者、右が利き手ですか」

「懐手は右だ」

「なら、右が利き手のようですね。襟は右前、銃口を突き出すと体の左に向く、会所の旦那が襟元に手を入れて抜くより相手が引き金を引くのが速うございましょうね。同時だったとして弾丸が飛ぶほうが断然速い。神守幹次郎の投げた出刃が相手の体に届く前に旦那は弾丸に貫かれておられましょうね」

ふうっ

と幹次郎は息を吐いた。

「神守様は居合の達人と聞きましたがさようですか」

「達人かどうかは別にして、眼志流《がんしりゅう》居合をさる人より伝授された」

「ならば大小の傍らに小出刃を鞘ごと差し込んで抜いてごらんなさい」

紫光太夫に指示されて幹次郎は大小に隠すように小出刃を帯に挟み込んだ。

「私が夜嵐の参次と思うて、投げてごらんなされ」

紫光太夫が自らの出刃を構えて欅の傍らに立った。

「一瞬でも遅ければ私の弾丸が神守様の胸を貫きますぞ」

紫光太夫が宣言して、左手を懐に隠し、ふたりは対決の姿勢に入った。

間合は三間半（約六・四メートル）。

時が静かに流れた。

幹次郎は紫光太夫の目の動きを観察しながら、
はっ
と無音の気合いを発すると右の手が小出刃の柄に走り、一気に抜き上げると欅の的に投げ打っていた。
同時に紫光太夫も左手を南蛮短筒のかたちにして、
ばーん
と銃声を真似て放った。だが、手の短筒から弾丸が飛び出すはずもない。
一方、幹次郎はほんものの小出刃だった。わずかでも狂うと紫光太夫の体に怪我を負わせる、神経を集中して投げた小出刃が的の懐紙を貫いて刺さっていた。
「神守様、小出刃を投げ打つ直前に相手の右側へ身を移して小出刃を投げ打たれるとようございます。右前の襟の合わせではどうしても銃口が左を向く。神守様が一歩でも二歩でも身をずらせば、相手は襟元から銃を突き出して狙いを右に寄せねばなりません。その分、神守様は時を稼げます」
幹次郎はその場で腰に差した小出刃を抜きながら同時に相手の右に跳ぶ動きを繰り返した。
「これなれば小出刃で対抗できるかもしれぬ。真《まこと》に有難き教示でござった。礼を申す」

と幹次郎が頭を下げた。

「礼なんてどうでもようございますよ。それより、対峙《たいじ》のあと、相手の右に身をずらしつつ抜き打つ稽古を繰り返して体に馴染ませることです、居合の達人の神守様なれば必ず会得なされます」

と紫光太夫がにっこりと微笑んだ顔で言った。

第三章　飛び道具

一

翌朝、幹次郎は下谷山崎町《したややまざきちよう》にある香取神道流《かとりしんとうりゆう》津島傳兵衛《つしまでんべえ》道場を訪れるために七つ半（午前五時）前に左兵衛《さへえ》長屋を出た。

だが、幹次郎は真っ直ぐに津島道場を訪れたわけではなかった。

昨夕、出刃打ちの女名人紫光太夫が出刃投げの極意《ごくい》を教えてくれた奥山の明地に向かい、欅の大木と対面した。

この朝、幹次郎は和泉守藤原兼定と脇差を差し、その内側に小出刃を隠していた。小出刃の柄も鞘も黒く塗られて、腰に飛び道具を隠していることが相手に気づかれないように工夫されていた。

汀女に柄と鞘を黒く染めることを相談したとき、汀女は、

「白木を黒く塗るですと」

と呟いた。

「この小出刃の柄と鞘の白さを隠そうと思ってな。それに握りも違おう」

汀女はなんのために幹次郎が小出刃を買い、どのように使おうとしているのか尋ねようとはせず、黙って墨を白木に何度も重ね塗りしてくれた。

汀女は、薄墨太夫の若き日を知る夜嵐の参次が懐に連発式の南蛮短筒を隠し持っていることを薄墨太夫から聞いて承知していたし、幹次郎が南蛮短筒に対抗するために小出刃を用意したと気づいていた。

長崎で得たと思われる南蛮短筒に小出刃で太刀打ちできるのかどうか、しかし汀女は幹次郎ならば、この危難を切り抜けてくれようと信じていた。

師走が間近い季節、夜が明けるのは遅い。それでも幹次郎が小柄で懐紙を欅の幹に串刺しにすると、おぼろに懐紙が浮かんで見えた。

幹次郎は欅から四間（約七・三メートル）ほど離れて向き合った。

羽織から大小の柄が突き出ていた。だが、小出刃が隠されているとまず相手は察せられまいと思った。

欅に向き合い、両目を閉じると呼吸を整えた。

夜嵐の参次の動きを脳裏に描いた。

目を開き、左手を藤原兼定の鞘元に添えた。眼志流居合の基本の構えだ。

右手はだらりと垂れていた。

相手が動いた、と想定した瞬間、幹次郎の右手が腹前を流れて、同時に相手の右へと一歩横滑りし、小出刃の柄に掛かると、木鞘から引き抜き様に手首を返して、小出刃を欅の的へと投げ打っていた。

小出刃は真っ直ぐに飛んだが、的を一尺（約三十センチ）以上も外れていた。

幹次郎は欅に向かって歩くと突き立った小出刃を抜いた。

この朝、幹次郎は半刻《はんとき》（一時間）ほど小出刃打ちの稽古をなして、なんとか的に小出刃が集まるようになったところで稽古をやめて、下谷山崎町に向かった。

香取神道流津島道場を幹次郎が訪ねたとき、門弟衆四十人ほどが打ち込み稽古に精を出していた。

「神守様ではございませんか」

と道場の隅から声がかかった。

幹次郎が声の主を見ると御三家尾張藩《おわり》の前川卯之助《まえかわうのすけ》が笑みの顔で立っていた。卯之助は津島道場では新入りだが、尾張柳生新陰流《やぎゅうしんかげりゅう》の免許持ちだ。

「久しぶりにご指導お願い申します」

と丁重な口調で卯之助が願った。

幹次郎は、過日この卯之助と立ち合い、互いの手の内は承知していた。卯之助は体力もあれば技術も優れていたし、胆力も持ち合わせていた。だが、すべては道場稽古で培《つちか》われたもので、幹次郎のように命を張った修羅場の経験がなかった。それがふたりの立ち合いにすべて出てしまった。

卯之助は完敗に屈託《くったく》する風もなく、津島道場の客分格の幹次郎をなんとなく兄弟子か、師と仰《あお》ぐ風を見せていた。

幹次郎は稽古着に着替えて、卯之助と対面した。

竹刀《しない》を構え合った幹次郎は卯之助が最初の対戦以来、前に倍《ばい》する稽古を積んできたことを察していた。

前回、卯之助は左手に竹刀を握り、片手上段《じょうだん》の構えで幹次郎と対決した。だが、今回、卯之助は堂々とした正眼で幹次郎に向き合っていた。その構えがなんとも様になっていた。

幹次郎は正眼の構えを崩して、竹刀を上段に上げた。そして、上段に構えた瞬間、右手を下ろして過日卯之助が取った、

「左手片手上段」

を選んだ。驚きの顔を見せた卯之助が、

にやり

と笑い、幹次郎は片手の竹刀を、

ひょいひょい

と動かし、卯之助を誘った。

幹次郎が卯之助の動きをなぞり得たのはここまでだ。

正眼の構えから右手を抜いた卯之助が上段へと差し上げた。

幹次郎に続いて卯之助も左手片手上段に構えた。

この奇妙な対決に気づいた津島道場の門弟衆が自らの稽古をやめて、ふたりの対決に見入った。

道場内から稽古の音が消えて、両者の上段の竹刀がひょいひょいと空気をかき乱す気配だけになった。

先手を取ったのは卯之助で流れるような動作で踏み込み、電光石火《でんこうせっか》の片手上段

を面《めん》に落とした。
幹次郎は動かない。
いや、動けないのかと見物の衆が考えたとき、
そより
と幹次郎の片手上段が舞い、打ち下ろされる卯之助の竹刀を掻い潜って左手で竹刀を保持する卯之助の拳を叩いていた。
竹刀が床に飛んで転がった。
素手になっても卯之助の動きは止まらず、幹次郎の傍らを走り抜けてようやく止まった。
くるり
と後ろを顧《かえり》みた卯之助の喉元に幹次郎の竹刀の先端があった。
どさり
と卯之助がその場に尻を落として座り込み、
「うーん」
と唸った。
「津島先生、どうすればそれがし、神守様に一人前に扱《あつこ》うてもらえようか」

その問いに津島傳兵衛が笑いで応え、

「この場におる大半の者がそなたと同じことを考えていような」

と答えていた。

「前川どの、今一度稽古をしませぬか」

と幹次郎が誘い、先に正眼に構えた。

「神守様に正眼に構えられては左手一本の片手上段もならず」

と呟いた卯之助が立ち上がって一礼し、

「ご指導お願いします」

と言うと相《あい》正眼を選んだ。

数瞬の睨み合いのあと、卯之助が果敢《かかん》に踏み込みながら怒濤《どとう》の面打ちに出た。卯之助が得意とする連続しての面打ちで、これを受けた者は隙のない連続攻撃と力に負けて、つい後退して押し込まれてしまう。そして体が崩れたところに、
びしり
と重い胴打ちを食らった。

幹次郎は不動のままに卯之助の面打ちを丁寧に弾《はじ》き返し、存分に相手に攻めさせた。だが、卯之助の攻めに幹次郎が後退する様子もなく、懐の深い弾きに焦り

を感じた卯之助が一歩後退して間合を取り直した。すると幹次郎が、

すいっ

とその一歩の間合を詰めてきた。

卯之助は踏み込んできた幹次郎の面を狙うとみせて小手《こて》を叩き、さらに胴打ちへと変化させた。幹次郎は卯之助の考えを読んだように小手を返し、胴打ちを弾き返した。

（くそっ）

卯之助は死にもの狂いの攻めを開始した。

十三歳で尾張柳生の道場に立ったとき以来、積んできた稽古のすべてを一手一芸に込めて攻めに攻めた。だが、いつしか攻める卯之助は攻めながら後退していることに気づかされた。

（なにを企ててもだめか）

と絶望した卯之助は幹次郎を攻め崩すことを咄嗟に諦《あきら》め、

「神守様の返し技を見極めよう、間合を教えてもらおう」

との気持ちに切り替えて、幹次郎に対抗する気持ち、矜持《きょうじ》の一片までをも捨て去った。するとどこかに固さが残っていた体と竹刀を持つ手が卯之助のこだわ

りに操られることなく動き始めた。

見物の門弟らの目も、

「おや、これでいつもの卯之助に戻ったぞ」

と柔軟《じゅうなん》にして闊達《かったつ》な動きを認めた。

四半刻余り、自然に役目が仕太刀《したち》と打太刀《うちだち》とに分かれた打ち込みが続き、幹次郎が卯之助の動きを見て、すいっ、と身を退《ひ》いた。すると卯之助も阿吽の呼吸で竹刀を引いて、

「ご指導有難うございました」

「こちらこそお相手有難うござった」

と言葉を交わして一礼し合った。

「神守様に打ち勝とうなどという考えは無駄無益以外の何ものでもありません。それがし、諦めました」

「卯之助どの、それはなりません。苦手な相手であればあるほど挑み続けるしか、その壁を乗り越えることはできますまい」

「ならば神守様が毎朝津島道場に通ってこられることだ」

「ううーん、それもな。そなた方とはいささか異なるがそれがし、主持ちでござ

いましてな」

「吉原会所がご奉公先でしたね。神守様が道場にお見えにならないのなら、それがしが吉原に出向きます」

「廓内で稽古をなさるおつもりか」

「いけませぬか」

「吉原は遊女三千人が真の主にございましてな、竹刀や木刀を持っての稽古はどうかと思います」

「いえ、それがし、神守様と仲之町で稽古をしようとは思いませぬ。神守様の強さは日ごろの務めぶり、奉公にあると察しました。それがし、神守様に昼夜従い、強さの秘密を必ず突き止めてご覧に入れます」

「さあて、御三家尾張藩家中の前川どのが、遊里に詰めることをお許しになられましょうかな」

と応える幹次郎の言葉に、

「差し許す」

との声が見所《けんじょ》からした。

ふたりが見所を振り返るといつの間にか尾張藩江戸屋敷大番頭《おおばんがしら》佐貫又兵衛《さぬきまたべえ》が

いた。

「大番頭、真にございますか」

「真もなにも神守どのにああ赤子扱いされては尾張柳生新陰流も形無しじゃ。なんとしても神守どのに教えを乞い、苦手を克服《こくふく》するのがそなたの奉公よ。そなたの上役《うわやく》にはそれがしが断わりを入れる。神守どのが津島道場に見えぬときは、そなたが吉原に教えを乞いに行け」

と命じた。

「佐貫様、何年かかろうとも吉原に通い詰め、神守様の強さの秘密を探り、神守様の業と力を乗り越えます」

「うむ」

と見所から佐貫が謹厳《きんげん》な顔で応じて、

「吉原通いか、道場の稽古より格段に面白そうじゃな。前川卯之助どの、それがしもお供します」

津島道場の若い門弟の重田勝也《しげたかつや》が言い出した。すると、

「それがしも同道します。いえ、あちらに住み込んでも宜しゅうございます」

とか、

「不肖臼田小次郎《うすだこじろう》、艱難辛苦《かんなんしんく》を乗り越えて吉原稽古に通います」

と賛意を示す者が続出した。

「馬鹿もんが！　剣術の修行をなんと心得る。遊びとでも勘違いしておらぬか、勝也、そなたには明日から八つ（午前二時）起きの稽古を命ずる」

津島道場師範花村栄三郎《はなむらえいざぶろう》の怒鳴り声が響き、

「ふああっ、参ったな。八つ起きじゃと、七つ（午前四時）でも眠いというのに八つ起きか」

と勝也が悲鳴を上げた。

「そなたら、心得違いを致すでない。神守どのは身過ぎ世過ぎで吉原会所に奉公しておられるのだ。御用となればどのようなことにも手を抜くことならず必死に務めねばならぬ。それをそなたら、女郎を侍らせて稽古になるとでも思うておるか」

と叱声《しっせい》が続いた。

ふっふっふ
と道場主の津島傳兵衛の笑い声が漏れて、

「花村、そなたが怒鳴り声を上げたところで吉原の魅力に敵うわけもなかろう。

当分津島道場は開店休業かのう、明日から道場は閑古鳥《かんこどり》が鳴いておろうな」

と言い出し、見所の佐貫又兵衛も、

「前川卯之助ひとりかと思うたら、こう志願者が多いのでは吉原への商いの妨《さまた》げになるかのう。いや、津島道場にひとりも門弟が来ぬでは傳兵衛先生の晩酌代に差し支えるな」

「尾張家中の大事な家臣が吉原の虜《とりこ》になってもならず、前川卯之助、神守幹次郎どのが毎朝稽古に来られることを願って道場に参れ」

との傳兵衛の言葉で騒ぎはいったん終わった。

だが、朝稽古が終わった井戸端で卯之助が幹次郎の桶に汲み上げた釣瓶《つるべ》の水を入れてくれて、

「神守様、それがし、吉原での稽古、諦めておりませぬ」

と囁《ささや》いたものだ。

幹次郎は津島道場の帰り道、奥山の欅明地に立ち寄った。するとそこに紫光太夫がいて幹次郎の顔を見ると、

「だいぶこつを呑み込めたようですね」

と欅の幹に集中した小出刃の刺し痕《あと》を指した。

「残念ながらこつが呑み込めたという域には達しておらぬようです。未だぎこちない動きでござる、師匠」

ふっふっふ
と師匠と奉《たてまつ》られた紫光太夫が笑った。

「やってみせてくださいましな」

幹次郎は欅から四間の間合で立った。すると紫光太夫が欅の的を隠すように立ち、心臓《しんのぞう》を指して、

「私を夜嵐の参次と思うて、ここを狙って投げ打ってください」

と命じた。

幹次郎は小さく頷いた。

どこの世界でも師匠の言葉は絶対だ。師匠の言葉に逆らうことはその力量を疑っているということだった。

眼志流居合の構えに両足を開き、腰を落とし気味にした。

右の拳が脇に垂れ、左手が和泉守藤原兼定に添えられた。その瞬間、幹次郎の右手が翻って、大小に隠されて差し込まれた小出刃を抜いた。小出刃を摑んだ手

が上げられ、手首が捻られて、

「発止《はっし》」

とばかりに紫光師匠の心臓目がけて投げ打たれた。

小出刃は一条の光に変じて幹次郎の手を離れ、飛んだ。

幹次郎は見ていた。

紫光太夫が帯に挟んだ扇子《せんす》を抜くと飛来する小出刃を、
はっ
と叩き落としたことを。

「お見事にござる。いや、それがしの小出刃打ちに力がないという一語に尽きようか」

「かようなことは驚くには値しませぬよ。なぜなら私は神守様と対峙して小出刃が飛んでくることを想定して動くのです。真剣勝負の騙《だま》し合いではございませんからね」

と言いながら、扇子と叩き落とした小出刃を拾い、

「今一度ゆっくりと動きをなぞってくださいまし」

と命じた。幹次郎は小出刃を受け取ると大小と帯の間に挟んだ。

「お待ちください」

と小出刃を抜いた紫光太夫が、

「神守様は居合を心得ておられるのでしたね、その動きを私に見せてくださいな」

と願った。

「畏まって候」

幹次郎は加賀国湯涌谷《かがのくにゆわくだに》の住人、戸田眼志斎《とだがんしさい》が創始した眼志流を学んだ小早川彦内《こばやかわひこない》に手解きを受けた技の基本の構えに入った。

その様子を紫光太夫がじいっと見ていた。

この構えに入った幹次郎の意識にはもはや雑念はない、ただ抜き上げて技を完結させることだけに集中していた。

二

「はっ」

と幹次郎の口から気合いが短く漏れて右の拳が躍《おど》ると低い姿勢の腰が捻られて、

腹前を拳が走り、鞘元に添えられた左手の親指が鍔《つば》を弾いて鯉口《こいぐち》を切ると同時に右手が和泉守藤原兼定二尺三寸七分（約七十二センチ）を抜き上げた。

紫光太夫の目が、刃が円弧《えんこ》を描く光と化して虚空を両断する光景をとくと確かめていた。

「横霞《よこがすみ》み」

という言葉が漏れて、刃がふたたび腰の鞘に戻った。

「分かりました。私は空恐ろしい人を弟子に持ったものです」

しばしの沈黙のあと、紫光太夫が呟き、幹次郎が一礼した。

「未だ小出刃の抜きと捻りに無理がございます」

となにかを思案した様子の紫光太夫が、

「神守様の刀の長さは二尺三寸（約七十センチ）ほどですか」

「正しくは二尺三寸七分だ。反りは三分（約九ミリ）」

「小出刃は総長五寸六分（約十七センチ）です。神守様はこの短い小出刃で長年培った居合術の動きを応用しようとしておられる。私の考えにございます。さりながら、神守様の体は二尺三寸七分の刀と小出刃が違うことをとくと承知している。そこで小出刃の長さに合わせようとして抜きから手首の捻りに無理が生じて流れを阻《はば》んでおるようです。どうでしょう、小出刃を居合の刀と同じように大きく一連の動きで使ってみては」

「なにっ、それがしが藤原兼定を抜く動作で小出刃を投げ打てと申されるか」

「動作は大きくなりますが、抜く動作のままに投げ打たれませんか」

紫光太夫が自ら帯に挟んだ扇子でその動きを見せてくれた。

「それなれば抜きと捻りがひと動作になるな」

これまでの小出刃投げとは全く異なる動作であった。当然のことながら眼志流の動きに似ていた。だが、扱う道具は全く異なった。そこで幹次郎は紫光太夫の教示を頭に言い聞かせ、体に覚え込ませた。そして、元の位置に戻った。

紫光太夫は幹次郎の体の動きを横から観察した。

幹次郎は小出刃の鞘を最前より浅く差し、柄の位置を心持ち高く取った。

欅の幹が夜嵐の参次だ。

四尺（約一・二メートル）の間合で構え合った幹次郎と欅の対決を奥山の芸人らが足を止めて覗き、紫光太夫と幹次郎の険しい表情に黙って通り過ぎていく。

幹次郎は脳裏に参次の動きを思い描いた。

襟元から銃口が突き出される。

その瞬間、幹次郎の体が右に滑り、銃口に狙いを付けさせるのを遅れさせた。同時に右の拳が小出刃の柄をしっかりと摑むと虚空に大きく弧を描かせて抜き、その動きのままに手首を返して投げ打った。

いや、投げ打ったのではない。弧の遠心力を借りてその一点に至ったとき手を離しただけだ。すると高い位置から放たれた小出刃が欅の的に向かって一直線に飛び、的に突き立った。

「いかがでございますか」

「小出刃の軽さに慣れればこのほうが円滑《えんかつ》な動きができようかと思う」

「繰り返してごらんなされ」

紫光太夫は幹次郎に教えることに興味を抱いたか、幹次郎の眼志流居合術横霞みの動きを借りた小出刃打ちの欠点を矯正《きようせい》し、腕の振りを微妙に直して指導してくれた。

四半刻、半刻と時が流れ、いつしか仲冬の光は九つ（正午）の刻限を告げていた。

「神守様、まず流れができたとは思われませぬか」

「お陰様でなんとか見通しが立ったようだ」

「その上、十本投げられると九つは的を射抜いております。さすがに剣の達人にございますね、体が新しい技もすぐに呑み込みなさる。この動きに慣れられることにございます」

「師匠、お礼を申す」

と頭を下げた幹次郎は、

「そなたにお礼がしたいがなにがよいかな」

と呟くように言った。

「神守様、お礼なんてようございますよ」

と答えた紫光太夫が、

「もし私の出刃打ちの芸が神守様のお役に立ち、夜嵐の参次との勝負に勝ちを収められたとき、神守様、奥山芸人のしがない舞台に立って私の相方《あいかた》を務めてくれませんか」

と願った。

「吉原会所が許してくれませぬか」

「いや、命の恩人になるやもしれぬ太夫の頼みだ、必ずや四郎兵衛様にお許しを願う。それにしてもそれがしの拙《つたな》い芸で客が満足しようか」

「それはもう。なにしろ神守幹次郎様は遊女衆三千人の護《まも》り神にございます、この界隈で名を知らぬ人はいませんからね」

「必ずやそなたの引き立て役になり切る」

「さあて、どちらが引き立て役に回りますか」

と紫光太夫が嫣然《えんぜん》とした笑みを残して小屋に戻っていった。


神守幹次郎が大門を潜ったとき、面番所の前で隠密廻り同心の村崎季光が仁王《におう》立《だ》ちになり、通りを挟んだ会所の戸口を見ていた。そして、幹次郎に気づき、

「裏同心どののご出勤か、大物同心は事が起こっても動じなさらぬわ」

と皮肉とも悪態《あくたい》ともつかぬ言葉を吐いた。

「村崎様、なんぞ異変が生じましたか」

「そなたの想い女郎が待っておられるわ。これはなんぞ異変があった証し、じゃが、だれもが吉原会所を頼りにして面番所を訪れようとはせぬ」

と村崎同心は不満を漏らし、顎で会所を指した。

幹次郎が会所の敷居を跨ぐと小頭の長吉が、

「神守様、金次と行き会いませんでしたかえ、津島道場に迎えに走らせたところ

ですよ」

と言った。

「道場からの戻りに立ち寄るところがあってな、すまぬことをした」

「奥に行かれませ」

長吉に促《うなが》されて腰の一剣を外し草履を脱ぐと広間に上がり、奥へと通った。

するとそこに四郎兵衛や仙右衛門の他に三浦屋の四郎左衛門と薄墨太夫がおり、
深刻な顔つきで向き合っていた。

「遅くなって申し訳ございませぬ」

と敷居際に座すと薄墨太夫が幹次郎を険しい顔で振り返った。

「なんぞ異変が生じたそうな、言い訳もできませぬ」

「下谷山崎町の道場に参られたそうな」

「太夫、そちらを終えたあと、回るところがあってな、遅くなった」

言い訳する幹次郎の手を不意に薄墨太夫が取った。そこには肉刺《まめ》がいくつもで
きて血が滲んでいた。小出刃打ちの稽古でできた肉刺だった。

「夜嵐の参次の南蛮短筒になんぞ飛び道具で応じられますか」

薄墨太夫は武家の出だった。幹次郎がなにを考え、どう行動するかおぼろげに

察していた。

「ただ今工夫の最中にござる、間に合えばよいが」

「そなた様ならば必ずや工夫して夜嵐の参次こと町野参次郎を斃《たお》されます」

「太夫衆の怪我がなきよう務めを果たす」

と答えた幹次郎は自らの手を薄墨の柔らかな掌から引き、四郎兵衛に視線を向け直した。

「神守様、騒ぎが出来《しゅったい》しました。三浦屋の禿の小花の姿が消えたそうで、朝から楼じゅうを探し尽くしたがどこからも見つからぬ。まるで神隠しに遭《お》うたように姿が消えたというのです」

薄墨が会所にいる理由を幹次郎は知った。

「太夫、最後に小花を見たのはいつのことでございますな」

「昨夜の座敷で見たのが最後です」

「神守様、妓楼の台所は毎朝、女衆の戦場のようでな、禿が一人ふたりいなくともすぐには分からぬのですよ。朝餉《あさげ》のあと稽古ごとが待っておるが、小花の場合、太夫自ら文の書き方やら音曲の暗記やらを手解きするでな、他の禿を集めて稽古をつける番頭《ばんとう》新造も太夫のもとにおるとばかり思い込み、太夫は太夫で小花が他の禿と一緒に大広間にいるものと思い込んでいたのですよ。つい一刻《いっとき》（二時間）前、小花の行方《ゆきがた》が知れぬことに気づいて、楼じゅうを探させました。ですが、最前申した通りにどこからも小花の姿は見つからなかったのでございますよ」

「昨夜のお客人が少々しつこいお方ゆえ、わちきの目が小花に届かなかったことも事実にございます、不注意にございました」

と薄墨太夫が自らを責めた。

「今から半刻前のことですよ。会所に文が放り込まれましてね」

と言いながら四郎兵衛が花簪に巻かれた文を幹次郎に差し出した。受け取った幹次郎は椿の造花でできた花簪からかすかに煙草《たばこ》の臭《か》いを嗅いでいた。

「文を読んでもようございますか」

四郎兵衛が頷き、

「その花簪は昨夜小花が座敷で挿していたものに間違いないそうな」

と言い足した。

幹次郎は四郎兵衛に頷き、簪から文を外し披《ひら》いた。幼い文字で、

『たゆう、助けてくださりませ、小花』

とあった。

「小花の筆跡《て》に間違いございません」

「先日から続く嫌がらせと同じ連中の仕業《しわざ》とみてようございましょうか」

「神守様、そう、わっしらは考えました」

と番方が答えた。

「神守様、薄墨太夫、そして小花と嫌がらせが続いております。まず一連の動きにして同じ者たちの仕業に間違いございますまい。これは神守様とか薄墨太夫とかだれぞを名指しで狙ったものではございません。吉原に恨みを持った者があれこれと算段した仕業です」

四郎兵衛が言い切った。

「遊里の中でこれだけ自在に動き回れる相手です、外の者だけでは到底できかねます」

「神守様、わっしらもそう思う。小花の勾引《かどわか》しは吉原の者の手助けがなければどうにもならない仕事ではと疑わざるを得ない」

「小花はすでに廓の外に出ておると考えられますか」

幹次郎の問いに仙右衛門が、

「なんともね。この花簪に巻かれた文も、わっしらの動きを承知でなければ土間に放り込めませんよ。ともかくだれもその者の姿を見た者がない」

と答えていた。

「神守様、小花をなんとしても無事に取り戻してくださいまし」

と薄墨太夫が願った。

幹次郎は薄墨太夫に頷き返し、仙右衛門に、

「三浦屋を訪ねて昨夜最後に小花が見られた刻限と場所を確かめませぬか」

と言いかけると番方が首肯した。

「それにしてもうちの妓楼の中で、幼い禿とはいえ人ひとりが行方を絶つなんて考えもしませんでしたよ」

と吉原一の大楼の主の四郎左衛門が言い、

「神守様、小花を無事に取り戻すためにどのような手段をお取りになろうと構いません。私や太夫、奉公人のすべてになんなりと問い質すことを許します」

と言い切った。

半刻余り三浦屋の奉公人たちに訊いて回った結果、二階座敷を取り仕切る遣手のおかねが引け四つ（午前零時）近くに大廊下を奥階段へと向かう小花の背を見

たのが最後だと判断された。そこでふたりは二階の大階段口にある遣手の小座敷を訪ねた。おかねは、

「小花は薄墨太夫の教えのお陰で、しっかり者の禿にございますよ。それでも十三、四の娘、夜半まで起きておるのは至難《しなん》の業です。半分眠りながら奥階段から帳場に下りようとしておりました。もし、楼の中に悪巧《わるだく》みをなす連中と通じておる者がいるようなれば、小花を布団部屋に連れ込むことなど簡単ですよ」

「おかねさん、外の連中と通じていそうな者に心当たりはないかね」

「それがどうみても何度考えてもいないんだよ。吉原でも格式の高い大籬《おおまがき》（大見世《おおみせ》）の三浦屋ですよ。番頭、見世番、二階廻し、掛廻り、証文書き、不寝番《ねずばん》、風呂番、中郎《ちゅうろう》、諸々《もろもろ》の男衆、飯炊き、お針《はり》、ふたりの太夫に番頭新造、振袖新造に禿を含めて百何十人もの大所帯ですがね、昨日今日の奉公人はひとりもおりませんよ」

とおかねが言い切った。

「おかねさん、むろん布団部屋は何度も探したんだね」

「番方、四郎左衛門様の命で布団を一枚残らず廊下に出して調べましたが、なにも出てきませんでした」

とおかねが答えた。

「半ば眠り込んでいる小花を襲い、楼の中にある場所に一時《いっとき》隠したとしよう。ところが三浦屋の奉公人総出で探して見つからない。こりゃいったいどういうわけかねえ」

「番方、もはや鉄漿溝《おはぐろどぶ》の外に小花は連れ出されたということではないかね」

「そちらもまた難しいぜ」

吉原から抜けるのは容易なことではない。大荷物を持った男衆も外から入ってくる女髪結《かみゆい》らもすべて会所の調べを受けてから外に出ることを許された。

「おかねさん、昨夜の薄墨太夫のお客人はどなたにございましたな」

と幹次郎が話柄を変えた。

「室町《むろまち》の畳問屋の備後屋《びんごや》の若旦那、唐左衛門《とうざえもん》様が近ごろ薄墨さんにご執心《しゅうしん》にございましてね、三日にあげず登楼なされます。昨晩もそうでした」

「室町の備後屋か、老舗だね。どれほど前か、甥《おい》が跡取りに入るって噂を聞いたことがある」

仙右衛門が呟いた。

「さすがに番方、早耳だね。七代目に男の子がないんでね、甥が八代目の唐左衛門を継いだばかりだよ。そんな前後に先代が病に臥《ふ》せってね、八代目の天下になったそうだよ、それが半年も前のことで、そのころから薄墨さん目当てに通ってこられるのですよ」

「室町の備後屋ならば手堅い商いで大名家、大身旗本に得意先が多いそうな。派手な話は聞いたことがねえな」

「番方、客のことを悪く言っちゃいけないのは廓の仕来たりだがね、当代の唐左衛門さんは嫌な奴ですよ。薄墨さんはだいぶ我慢しておられましょうな、金も使わないくせに床入りをあれほど急かした野暮《やぼ》な客はいませんよ。その上、いったん薄墨さんと枕を並べたとなると、旦那気取りでね、横柄《おうへい》なことといったらありやしない。端《はた》から見ていてもあれほど嫌味な奴はなかなかおりませんよ」

と遣手のおかねが言い切った。

「昨夜も備後屋さんは泊まっていかれたのですね」

「引け四つから座敷を下がり、七つ過ぎまで薄墨さんと一緒でした」

「連れはおりましたか」

「珍しいことに遊び仲間を三人連れて、旦那気分で登楼にございましたよ」

「お店者《たなもの》でしたかな」

「それがひとりは浪人さんで喜多方様《きたかた》とかいわれる剣術家で、あとのふたりは備後屋出入りの商人というのですがね、三人して胡散《うさん》臭い連中でしたね。八代目があれでは備後屋もそう長いことはありませんよ」

と遊里の二階の片隅から遊客の遊びぶりを観察してきた遣手のおかねが言い切った。

「神守様、備後屋唐左衛門が禿の小花の行方知れずと関わりがございますかな」

「いえ、格別にそう思う曰くがあったわけではございません。薄墨太夫の可愛がる禿の勾引しですのでお客のことを訊いたまでにござる」

「ふだん金を使わない客が昨夜は三人も仲間を連れて登楼した、珍しいといえば珍しい。おかねさん、備後屋の他に仲間連れで登楼した客があったかい」

「昨夜は備後屋さんだけですよ」

「おかねさん、お供の敵娼《あいかた》はだれでしたえ」

「百武《ももたけ》さんでしたよ」

「よし、おかねさん、百武さんをこの部屋に呼んでくれないかね」

と番方が願った。

遣手部屋に呼ばれた百武は、昨夜の客は鳶《とび》職くずれの安五郎《やすごろう》と名乗ったと証言した。

「百武さん、昨夜の客は初会だね」

「番方、いかにもさようでした。だけど床入りをしつこく迫る客でしてね、大見世の遊び方も知らない連中ですよ。致し方ないんで酒を呑みながら時が経つのをのらりくらりと誤魔化しながら、相手の気を散じておりました」

「安五郎が座敷から姿を消したことはなかったかえ」

「八つ過ぎについうっかりと眠り込んだんです。目を覚ましたら客が厠《かわや》からさぶいさぶいと言いながら戻ってきたところでした」

「客が座敷から姿を消したのは八つ過ぎというのはたしかかえ」

「そんな時分ですよ」

「あとのふたりはどうしました」

喜多方某ともうひとりの唐左衛門の連れは三浦屋の口利きで初会から女郎を抱ける小見世に移ったとか。七つ半時分に大門口で三浦屋組と小見世組の四人は再会し、連れだって大門を出ていったそうな。

百武が見送っていたからたしかなことだった。

昼見世の刻限が迫っていた。

いったん仙右衛門と幹次郎は三浦屋を辞去《じきよ》すると、吉原会所に立ち寄ったあと、室町に向かった。むろん備後屋への訊き込みのためだった。

三

室町通りに間口五間（約九・一メートル）の備後屋があった。間口こそ狭いが奥が深く、備後屋が老舗であることを示して普請もしっかりとしたものだった。

その店の前を通り過ぎた仙右衛門と幹次郎は、この界隈で知られた御用聞き、浮世小路《うきよこうじ》の百兵衛《ひやくべえ》親分の家をまず訪ねた。備後屋をいきなり訪ねても主が唐左衛門ではそう容易に問いに答えてくれないと考えたからだ。

幹次郎は初老の十手《じつて》持ちとはこれまで顔を合わせたことがなかった。だが、訪《おとな》いを告げたのち、居間に招《しよう》じ上げられたふたりに百兵衛は長火鉢の前から、

「おや、吉原会所のお歴々《れきれき》がお見えとはどんな風の吹き回しですね」

と先手《せんて》を取り、

「番方、裏同心の神守幹次郎様まで連れてこられて、また吉原でなんぞございましたかえ」

と重ねて問うたものだ。

長火鉢の猫板に三毛猫が丸まり、親分は神棚を背にどっかと座って、悠然と煙管《キセル》を吹かしていた。

神棚の端に鷲神社の大きな熊手が飾ってあった。江戸市中に異変は生じていないことが親分の様子から窺《うかが》えた。

幹次郎は老練な御用聞きに会釈《えしやく》した。

「百兵衛親分、無沙汰ばかりで申し訳ございません。いかにも廓内でちょいとした騒ぎが生じましてね、親分の知恵を拝借に参りました」

「爺《じじい》の知恵ね。お役に立つかどうか話してごらんなさい」

百兵衛が煙草盆を手にしていた煙管の雁首《がんくび》で引き寄せ、火皿《ひざら》に刻みを詰めながら話を聞く構えを見せた。

そこで仙右衛門がまず三浦屋の禿が行方をくらました事実を告げた。

「三浦屋さんから禿がひとり消えたですと。なかなかできるこっちゃねえ芸当ですね。なんぞからくりがなきゃあならない」

「いかにもさようなんで」

「で、番方、浮世小路まで出張《でば》ってきなさった理由はなんだえ」

「親分は畳問屋の備後屋には昔からの出入りでしたね」

浮世小路の、

「おとぼけの親分」

と噂される百兵衛の顔が一瞬険しくなった。だが、すぐに元に戻った。

「備後屋さんか、いかにもさようと答えたいがしくじっちまってね、お出入り禁止の身ですよ」

苦笑いの百兵衛親分が答えたものだ。

「親分が得意先をしくじったですと。なんぞ曰くがございましたか」

「先代は話の分かる旦那にございましたがな、当代になっていささかお店の様子が変わりましてね」

元の出入り先の内情に触れる話柄をあっさりと躱した。そうしておいて反対に、

「それにしても吉原で禿がひとり行方を絶った騒ぎと、備後屋の話がどう関わってくるのでございますね」

と問い返した。

「その夜、備後屋の当代がいささか風体《ふうてい》の怪しげな浪人者とふたりの男を連れて、三浦屋に登楼していたんでございますよ」

「なに、禿の勾引しに備後屋が関わっていると言われるか」

「いえ、そこまで決めつけているわけではございませんので。あの夜、薄墨太夫を床に独り占めにしていた客が備後屋と聞きましてね、連れのひとりが三浦屋に残り、ふたりは別の小見世に行って女郎と一夜をともにした。今のところそれだけの話なんですよ」

「ただ今はたしかに出入りを止められた備後屋だが、代々出入りを許されてきたお得意様だ、あれこれと内情をくっ喋《ちゃべ》るのは気が重い。だがね、番方、ここんところ当代の唐左衛門さんの周りから聞こえてくる話は悪いことばかりだ。このままだと、備後屋は早晩《そうばん》店を畳むことになりそうだ。わっしは先代夫婦とは同年配、親しく出入りを許されてね、芝居見物やら花見に一緒したこともございますよ。なんとか立ち直りの機会があればいいんだが、吉原に怪しげな連中を連れて登楼していた話なんぞを聞かされては、やっぱりだめかと思いましたぜ」

「親分が出入りをやめられた理由はなんですね。ここは正直に話してくれませんか」

百兵衛がしばし思案して頷いた。

「つい四月《よつき》前の話ですがね、番頭の種蔵《たねぞう》さんに相談を受けて、唐左衛門さんと会ったんですよ。ええ、番頭さんの相談というのが、代々内蔵《うちぐら》に貯め込んできたお店の銭箱がいつの間にか空《から》になっている。そればかりか、得意先にお貸ししていた借用証文が消えていて、そのうちの何軒かに当たってみると、すでに主に払ったという答えだったそうな。種蔵さんは番頭の私にも話さずに旦那はなんてことをと思ったそうだが、ともかく話を聞こうと穏やかに証文の金子をいくらどう支払いなさったか、尋ねたそうだ。すると驚いたことに、ただ今支払ってくれるならば、証文の額の半値でいいと主が答えたというんでね、その場で証文と引き換えに支払ったのだそうで。中には証文の額の三割というところもあった。半値、三割というても、畳問屋が畳屋に下ろした売掛金やこれまでのお付き合いから資金繰りに貸した金子だ。それなりの額だったそうです。備後屋に保管されていた証文は、小判と同じような価値がある書付ですよ、それを叩き売りの古着のようにあっさりと値引きして回収し金子を懐に入れている。番頭さんの推測では銭箱から消えた金子が五百両余り、証文の額を値引きして得た金が二百七十両ほどだそうでしてな、店を預かる番頭として見逃すことのできない一件です。ところが主は、種蔵の問いにのらりくらりと答えているばかりで埒《らち》が明かない。そのうち、主人が自分の内蔵の小判を持ち出してなにが悪い、お得意様への貸し金を主の判断で回収するのに一々奉公人の許しを得なければならないのかと、居直ったとか」

「そこで百兵衛親分に番頭さんから相談があったというわけだ」

「へえ、まあ、種蔵さんの話を聞いて、端から見ていたより大変なことだと思いましたよ。そこでわっしが当代に、先代の正蔵《しょうぞう》さんに相談しての所業ですかえ、と訊いてみました」

「百兵衛親分、先代はお元気なんですね」

「番方、中気《ちゅうき》で倒れられて、体は思い通りにならないし、口も滑《なめ》らかじゃございませんが、頭の働きは昔通りだ」

「となると、当代のやっていることなんて見通しておいでではございませんか」

「わっしもそう思いましてね、見舞いに立ち寄った体で訪ねたんでございますよ。たまたま、当代の唐左衛門さんが留守でございましてね、すぐに種蔵さんの案内で隠居部屋に通されました。先代はわっしが訪ねてきたことで、すぐに用件が見舞いなんかじゃないと気づかれました。そこでわっしがおよその事情を話すと、動きにくい口で甥に店を譲るのではなかった、と答えられて涙を流されましたよ」

「当代の正体をすでに承知だったのでございますね」

「いかにもさようでした」

と答えた百兵衛は刻みを詰めた火皿に種火を移して、一服吸った。

「お店の中が主の不行跡《ふぎょうせき》で、がたがたになっておることは承知でしたが、まさか内蔵の蓄《たくわ》えやら証文を持ち出して、値引きして金子を受け取っていたなんてことはご存じございませんでしたよ」

「驚かれたでしょうな」

「驚く前に話を信じられない様子で何度も種蔵さんに問い返されておりました。気持ちが高ぶって、お顔が真っ赤になり、様子がおかしいので医者を呼ぶ騒ぎになりましてな、なんとか平静に戻られたとき、この一件、私の責任です、今晩にも唐左衛門に話を聞いて、真偽を確かめた上でしかるべき処置を致しますと先代が申されましたのでな、わっしはその成り行きを見守ることにしたんでございますよ」

「なんぞ動きがございましたか」

「二日後のことにございました。唐左衛門さんがわっしの家に乗り込んでこられて、親分、長年の出入り先の内情まで探っておいでのようですが、余計な節介はやめてもらいましょう。分《ぶん》を越えるにもほどがある、今後出入りは一切禁じます、と、その敷居際に仁王立ちになって怒鳴り散らし、わっしが口を挟む暇もあらばこそ戻っていかれましたんでございますよ」

「親分、備後屋との付き合いはそれっきりで」

「お店がいいときも悪いときもお付き合いさせてもらうのがわっしらでございますよ。なにより先代の身が案じられましてな、密かに種蔵さんに連絡《つなぎ》を取ったんだが、なしの礫《つぶて》だ。いえ、ひと月もしたころ、種蔵さんから、もはや備後屋は終わりです、ご隠居が不憫《ふびん》でなりません、と文が参ったのが最後にございますよ」

百兵衛親分が話を締め括った。

「それから三月《みつき》が過ぎて、三浦屋に唐左衛門が登楼した夜に禿が姿を消した。どう思われますな、親分さん」

と番方が尋ねた。

「番方、もし備後屋唐左衛門がこの一件に関わっているとしたら、間違いなく金子に窮《きゅう》したからですよ。となれば小花を勾引した一味から金子を強請《ゆす》る文が舞い込みます」

百兵衛が言い切った。

「親分さん、この三月、備後屋には近づいてはおられますまいが、唐左衛門の身辺は探っておられたのではありませんか」

ふっふっふ
百兵衛が幹次郎の問いに笑いで答えた。

「御用聞きって商売は、因果《いんが》なものにございましてな、関わり合った一件をすぐには忘れられないものにございますよ。ましてや、備後屋は長年の出入り先だ。出入りは禁じられたが、唐左衛門がなにをやらかしているのか、探索するのを止められたわけじゃない」

「いかにもさようです、なんぞ見つかりましたか」

「神守様、世間には好きこそものの上手なれって言葉がございますな、じゃが、この格言、すべてがすべて理《ことわり》を語り尽くしているわけではない。いえ、反対に好きだからゆえにのめり込んで、どうにもならないどつぼに嵌まる者がいる、博奕《ばくち》に嵌まり込んだのは唐左衛門だ。元吉原のあった葭町《よしちょう》に、あの界隈の顔役、葭町の十右衛門《じゅうえもん》って野郎がおりましてね、この十右衛門の賭場に唐左衛門は出入りして、博奕で負けた借財がかさんでいるそうな。ここんところ、やいのやいのと葭町の催促が厳しくて、唐左衛門は用心棒を連れて、身の安全を図っているようなんでございますよ」

「とすると小花を勾引して三浦屋を脅す理由はあるってわけですね」

「ございますな」

と百兵衛がとぼけた表情で応えた。

「親分どの、もし唐左衛門が小花勾引しに関わっているとしたら、どのような策で小花を外に連れ出したと思いますね」

「神守様、久しく吉原の大門を潜り、女郎衆の化粧の匂いを嗅いでおりませんや。ただ今の吉原がどうなっているかさっぱり分からない。三浦屋さんは吉原一の大籬、だいぶ前にどちらかの旦那のお供で上がったことはございます。だが、その三浦屋も先の大火で焼失して建て替えられたんでね」

「おとぼけの親分、吉原は幾たび火をかぶって焼けちまったって、昔通りの建物に建て替えるのが仕来たりですよ。だからこそ三浦屋のもてなし心も接待もそのままに引き継がれるってわけでございますよ。百兵衛親分が知っている三浦屋も今の三浦屋とそうは変わっておりませんや」

仙右衛門が応じた。

「最後に禿が見られたのが引け四つと言われたね。客にとっていちばんわくわくする刻限だ、お目当ての遊女と床入りだからね。だが、楼の奉公人はこれで体が休められると上《うわ》の空《そら》、半分眠りこけた禿に当身《あてみ》かなにかして、布団部屋に連れ込んだとしてもだれも気づきますまいな。難儀はこれからだ、三浦屋から楼の外に運び出し、さらに廓の外に連れ出すのがひと仕事だ」

と思いついた考えを己に得心させるように言い聞かせた百兵衛は、実行者の行いをなぞってみせた。

「番頭新造の百武が相手をした男は鳶職くずれと言ったね、となると布団部屋から小花の体を負ぶって、格子窓を外して軒に抜け出すことはできない算段ではありますまいな」

「できないことではありませんな」

仙右衛門が三浦屋の布団部屋の格子窓を確かめようと考えたとき、幹次郎は百兵衛親分の視線が神棚に向けられたのを見ていた。

視線の先には酉の祭で買った熊手があった。

「神守様、その宵、鷲神社の酉の祭がございましたな。宵の刻限は跳ね橋を下ろして鷲神社の参詣人《さんけいにん》は廓内を通り抜け勝手にございましたな」

「それはもう。ですが、それも宵の口のことですよ、親分。引け四つには跳ね橋は上げられておりますよ」

「鳶くずれの安五郎が小花を負ぶい、三浦屋の軒から屋根伝いに跳ね橋まで行くことができれば、仲間と力を合わせて跳ね橋を利用して、小花の身を鉄漿溝の外に吊り下げることくらいできませんかえ」

跳ね橋を利用しての足抜がこれまで試みられなかったわけではない。だが、大胆にも酉の祭の夜に企てられたことはなかった。

「親分、三浦屋からの経路を辿ってみます」

仙右衛門が応じた。

「番方、神守様、わっしはもはや手を拱いているわけにはいかなくなった。備後屋の暖簾が守れるものならば手を尽くしたい」

「どうなさるおつもりで」

と幹次郎が訊いた。

「当代の唐左衛門が禿勾引しの首謀者なれば、もはや備後屋の商いもこれまでにございましょうな。わっしはこれから先代と会い、事情を話します。その上で町名主五人組と相談して、婿養子の籍を抜き、備後屋とは関わりがねえようにしておきます。むろんそれでも奉行所の手が備後屋に入りましょうが、暖簾だけはなんとか守れるかもしれませんや」

「親分、われらは吉原に急ぎ戻る。もしかしたら、脅し文が届いているかもしれない。また親分が推し量った三浦屋から小花の身を運び出す経路にその痕が残っているかどうか、調べてその結果はこちらにお知らせします」

「番方、互いに連絡を取り合いながら探索を進めましょうぜ」

と話し合いが纏まり、ふたりは浮世小路の百兵衛親分の家を辞去した。

幹次郎と仙右衛門が大門を潜ったとき、すでに夜見世の刻限が迫っていた。

ふたりはまず会所に戻って四郎兵衛に会い、浮世小路の百兵衛親分との話し合いの結果を告げた。

「備後屋はそこまで落ちぶれておったか」

「百兵衛親分は当代を切り捨て、なんとしても備後屋を救う一心で動いておられます」

「未だ小花の身と引き換えに金子を強請る文は三浦屋に届いてはおらぬようだ、届いたら直ちにこちらに知らせが入る手筈《てはず》になっておりますからな」

と答えた四郎兵衛が、

「備後屋の当代が使った引手茶屋は、七軒《しちけん》茶屋の鹿野屋《かのや》さんじゃそうな。こたびの一件、三浦屋も往生《おうじょう》なされようが、客の身分を請け合った鹿野屋さんの信頼失墜《しっつい》という害が大きい。鹿野屋の番頭を呼んで耳打ちしておこう」

四郎兵衛が言った。

三浦屋は吉原一の大籬である。

大籬では必ず引手茶屋を経て、客を迎える決まりごとがあった。客の身分を引手茶屋が保証したことで、客は一文の銭を持たずとも大籬に登楼し、散財することができた。このように費消《ひしょう》した費《つい》えは、すべて翌朝引手茶屋が客から取り立てる仕組みになっていた。ためにこたびの一件では引手茶屋鹿野屋はそれなりの損害を被《こうむ》ることが考えられた。格式の高い三浦屋に備後屋唐左衛門を紹介した鹿野屋は、遊興費を三浦屋に立て替えなくてはならないばかりか、信用も失ったことになる。鹿野屋の口利きした客が世間を揺るがす騒ぎを起こした張本人となると、引手茶屋としての鹿野屋の信頼は地に落ちることになる。

三浦屋にしても縄つきの人物をもてなし、売れっ子の薄墨を当てた責任は大きく、薄墨の権威に傷をつけたことにもなった。

備後屋唐左衛門が小花の勾引しを企んだ首謀者であったなら、あちらこちらに悪い影響が出るのだ。

会所としては三浦屋の格式と鹿野屋の暖簾が傷つかないように、できるだけ勾引しの事実を内輪に留めるように動く必要があった。ためにはまず真相を知ることが大事だった。

ふたりはなにはともあれ百兵衛親分の推量を確かめるべく三浦屋に向かった。

京町一丁目の角にある大楼三浦屋の張見世には未だ遊女の姿はなかった。だが、張見世の裏に控えた番頭新造が爪弾く清搔の調べが飄客《ひょうかく》の心をくすぐるように聞こえてきた。

ふたりが暖簾を分けた。

すると塩を盛った皿を手にした遣手のおかねとばったりと顔を合わせた。盛り塩は入り口の左右に置き、縁起を担いで、千客万来《せんきゃくばんらい》を願うための仕来たりだ。

「小花の探索は進んだかい、番方」

「いや、まだ行方は摑めない。おかねさん、楼になんぞ怪しい文は届いていまいな」

「旦那からも気をつけるように命じられておるのだが、その様子はないよ」

「おかねさん、必ず届く。そのときが勝負だ」

と答えた仙右衛門が、

「布団部屋は二階の他に一階にもなかったかえ」

「あるよ、北の隅にあるが風通しはよくない」

「今一度調べさせてくれないか」

「会所の調べはなんでも手伝うようにと言われているからね、勝手に調べな、番方」

ふたりは広土間から三和土《たたき》廊下を抜けて台所に向かった。すると男衆や女衆が忙《せわ》しげに動き回っていた。仙右衛門が男衆の滝次《たきじ》に、

「布団部屋に通らせてもらうよ」

と願うと、

「得心するまで調べなされ」

と許しをくれた。

四

幹次郎と仙右衛門は、二階の布団部屋の隣にある小納戸《こなんど》部屋の風通しの格子窓が外された形跡があるのを見つけた。

ふたりは、まず三浦屋の一階から二階の布団部屋を詳しく調べたが、人が出入りした痕跡はなかった。だが、二階の布団部屋に隣接した小納戸部屋を見つけて、ようやく手がかりを摑んだ。

格子窓を調べる仙右衛門の動きを見ながら、幹次郎は湿気《しっけ》臭い小納戸部屋の床に似つかわしくないものを見つけた。手に取ると禿の花簪だった。

「番方、これは」

仙右衛門に見せると、

「かような小納戸に禿が入ることもございますまい、まず小花の花簪とみて間違いございませんや。一時ここに匿《かくま》われていたのでしょう。ひとつ証しが見つかりましたな」

と答えた。

幹次郎は手拭いに花簪を包んで懐に入れた。

これからふたりが探索するのは、大籬の三浦屋から廓の外に出る経路だった。

ただし、その結果が公《おおやけ》になれば足抜を考える女郎に知恵をつけてしまう。すべて探索の事実は四郎兵衛から四郎左衛門に告げられて封印されることになる。

ともあれ小納戸部屋は、掃除用具や下げられた膳を一時置いておく所で、遊女や大半の奉公人には関わりがないゆえに見落とされた場所だった。

ふたりは、外された様子の格子窓から二階の軒に出ると板屋根によじ登った。

吉原出火の際、若い衆が屋根に上がり水を撒《ま》いて飛んでくる火の粉《こ》を消して類《るい》焼《しょう》を食い止める。板屋根には若い衆らが大屋根に上がるための梯子《はしご》があった。

それを伝い、大屋根に上がってみると、西河岸に向かい、楼の大屋根伝いに設置されている跳ね橋に辿りつけた。

むろん跳ね橋は上げられて、鉄漿溝を越えることはできない。

だが、酉の祭の深夜、跳ね橋を密かに下ろせば、廓の外に脱出できないことはない。

小花を抱えて板屋根伝いに跳ね橋を越えるには手慣れた男が数人要った。

あの夜、酉の祭の夜だった。

西河岸の局見世《つぼねみせ》（切見世《きり》）が並んでいたが、ふだんに増してざわざわと鷲神社の参拝客が通り抜ける騒ぎに局見世の女郎衆は早々に店仕舞いするか、馴染の客を銜《くわ》え込むか、ともあれ夜半には灯りがすべて消えていたろう。

跳ね橋の縄の結び方を見た仙右衛門が、

「跳ね橋の縄は独特な結び方がございましてね、こいつは揚屋町の六助《ろくすけ》爺の結び方じゃあございませんや。六助爺の結び方はすぐに解けないように、刃物で容易に切られないように、何本も麻縄を縒《よ》り合わせた縄で吉原結びという独特の縛り方をするんですよ。こいつはいったん解かれたあと、それらしく結び直されていますが、いい加減な結び方です。備後屋の唐左衛門が連れてきた三人が小花をここまで運び出し、外にいる連中に跳ね橋を途中まで下ろして渡したに間違いございません」

と言い切った。

「浪人者ともうひとりの連れは小見世で一夜を過ごしたのでしたな。確かめましょうか」

「ふたりが泊まったのは三浦屋とは反対の角、ここに近い楽一楼《らくいちろう》ですぜ」

仙右衛門が足先で隣の板屋根を指した。

「ふたりが座敷さえ抜け出すことができれば、小納戸部屋の格子窓を外して軒下に抜け出した安五郎の手伝いができますね」

「こいつが女郎衆なれば板屋根に持ち上げるのも大変でしょうが、小花はまだ子供だ。屈強《くつきょう》な男三人が助け合えば、廓の外に楽々と運び出せましょうな」

と応じて楽一楼の屋根に移り、西側の土壁に設けられた梯子段を下りて、一階の軒から蜘蛛道へと飛び下りた。

幹次郎も身軽な仙右衛門に従い、藤原兼定を手に蜘蛛道に跳んだ。

ふたりが飛び下りたところを、楽一楼の台所から女衆のひとりが口をあんぐりと開けて見ていた。

すでに夜見世が始まっている刻限だ。

小見世の台所も酒の燗をつけたり、膳を用意したりと忙しい刻限だった。

「会所の番方に神守様が、天から降ってござったか」

楽一楼の女衆頭が呆《あき》れた表情のままに尋ねた。

「驚かせてすまねえ、番頭さんを呼んでもらえねえか」

仙右衛門が願うと、

「番方、書き入れどきで番頭さんは張見世の裏手に張りついてなさるだ」

「ならばこっちから訪ねようか」

ふたりは、楽一楼の台所の土間から狭い三和土廊下伝いに張見世の裏手に出た。するとちょうど女郎衆に客がついたか、張見世から若い女郎が出てきて見世先に通った客の手を引き、二階への階段を上がって消えていくところだった。

「番頭さん、ちょいと耳を貸してくんな」

仙右衛門が声をかけると、

「な、なんだい、番方か、驚きましたよ。張見世裏にまで出張ってなんの用ですね」

「昨夜、三浦屋から流れてきた浪人者と町人のふたり組を相手した女郎さんに会いたいのだ」

「三浦屋さんから。ああ、分かった。松子《まつこ》と杵八《きねはち》ですよ。ふたりして張見世にいますがね」

「すまねえ、ひとりずつ話が聞きたい。呼んでくれないか」

最初に張見世裏に出てきたのは松子だった。中見世から始まって、この楽一楼が三軒目の住み替えの遊女だった。

「呼ばれるのは張見世裏ばかりだよ」

と言いながらも松子が、

「なんだい、会所の腕利きふたりが顔を揃えてさ」

「松子、昨夜の三浦屋から回ってきた客のことだ。おめえはどっちを相手したえ」

「町人のほうだよ、大工だって言ったが遊び人だね」

「おめえと顔を合わせたあとで、そいつが座敷から抜けたことはなかったか」

「さあてね」

と松子は番頭をちらりと見た。

「番頭さんの前で言いにくい話か。番頭さん、人ひとりの命が関わる話だ。それに三浦屋に恩を売るのも楽一楼にとって悪い話じゃねえ。ここは耳を塞いで松子の話を聞き流しちゃくれまいか」

「人ひとりの命ね、いいでしょう」

と請け合ったが、松子のほうは信用できないといった顔で番頭を見た。

「この一件でおめえに迷惑がかかることはねえ、会所が請け合う」

「大丈夫かねえ」

と呟いた松子がそれでも話し出した。

「あの客、熱燗の酒を頼んで茶碗酒でぐいぐいと呑んでいたね。私にも勧《すす》めてくれたんでさ、茶碗に半分ほど呑んだら眠くなっちまってさ、わたしゃ、先に床に入ったんだよ」

番頭が舌打ちした。

「だからさ、夜明け前の見送りもやったんだかやらないんだか、そのへんが曖昧《あいまい》なんだよ」

「松子、それだから茶ばかり挽《ひ》いているんですよ。おまえはあとがない女郎ですよ。あとは切見世が待っているばかりということをすぐに忘れちまって、客を大事にしないにもほどがあるよ」

と番頭が怒り出し、

「番頭さん、ここは会所に任せるんじゃなかったかえ。大事なところだ、口出ししないでくんな」

仙右衛門に釘を刺された。

「今朝方、杵八と朝湯で話し合ったのさ、すると杵八も頭が重いというじゃないか。どうもふたりして酒を呑まされたあと、眠くなって座敷の床に寝ちまったんだね、どうしたことかねえ。ともかくさ、ふたりして客がいつ姿を消したか知らないのさ。昨日の昼見世は、酉の祭でお互い忙しかったから、疲れて酒に酔ったかね」

と松子が呟いた。

「松子、おめえも杵八も酒の中に仕込まれた眠り薬を飲まされて眠らされたんだな」

「えっ、女郎を買いに来た客がなんでそんな真似をするんだよ」

「そいつはどうやら三浦屋の一件と関わりがありそうだ。番頭さん、松子、この話、しばらくだれにも内緒にしておいてくれないか」

「番方、三浦屋さんからうちに文句はつかないね」

「そんな心配は金輪際《こんりんざい》ない、おれが請け合う。うまくいけば三浦屋から礼のひとつもあろうぜ」

と応じた仙右衛門と幹次郎は、張見世裏から三和土廊下に出て蜘蛛道に戻った。

そして、京町一丁目を仲之町に向かうとちょうど三浦屋から花魁道中の一行が出ていこうとしていた。

薄墨太夫が上客を七軒茶屋に迎えに行く道中だった。

ふうっ

と薄墨太夫の眼差しが灯りの世界をさまよって幹次郎に気づいて止まった。

「神守様、お話が」

薄墨太夫に手招きされて幹次郎は花魁の傍らに寄った。むろん一行に小花の姿はなく別の禿三人がお供を務めていた。

「小花の行方は分かりましたか」

薄墨が幹次郎の耳に口を寄せて尋ねた。

「花魁、小花が廓の外に運び出されたからくりはなんなく突き止め申した」

「だれがそのようなことを」

幹次郎は懐から手拭いを出すと花簪を出して薄墨に渡した。

「昨夜、小花がしていた花簪のひとつでありんす」

「花魁、なんとしても小花は無事に連れ戻す所存にござる。しばらく会所を信頼して黙って見ていてはくれませぬか」

薄墨太夫がじいっと幹次郎を見て、

「わちきは幹どのを信じておりますわいな」

と言い、その言葉を聞いた幹次郎は、すいっ、と薄墨太夫の傍らから離れ、鉄《かな》棒《ぼう》がちゃりんと鳴って花魁道中が待合ノ辻へと向かった。

幹次郎が仙右衛門の元に戻るとふたりは花魁道中に先行して会所に引き揚げた。

会所では待ち人がいて、四郎兵衛と奥座敷で話をしていた。

なんと最前訪ねたばかりの浮世小路の百兵衛親分だった。

「番方、小花が外に連れ出されたからくり、分かりましたかえ」

「親分の眼力通り、酉の祭の騒ぎが残る夜にあれこれと妓楼の屋根を走り回った連中がおりましてね」

仙右衛門が応じると三浦屋と楽一楼への訊き込みで得た事実をすべて話した。

「わっしの思いつきが当たりましたかえ」

おとぼけの百兵衛親分が満足げに笑った。

「最前ね、三浦屋四郎左衛門様が会所にお見えになって、強請りの文が届いたと私に見せていかれましたよ。夜見世が始まった張見世の中に文が放り込まれていたそうな」

「なんと、わっしらが三浦屋に赴《おもむ》いたあとにございますな」

「深編笠の浪人者が張見世に近づいたそうな、文が見つかったのはその後のことです。まずその者の仕業でしょうな」

「三浦屋を強請る文面にございますね」

「禿小花の命と引き換えに千両を用意せよとの文面にございましてな。いつどこと引き渡しの刻限、場所は記してございませんが、まあ今日明日のことにございましょう。必ず次の文が夜見世の間に届きます。四郎左衛門様は念のため、千両を用意するそうです」

「禿ひとりの命が千両ですかえ」

「番方、これは禿の命の値段ではございませんぞ。吉原一の大楼三浦屋の格式と信用の問題です」

「いかにもさようでした」

と仙右衛門が頷き、

「おふたりにちょいとご足労《そくろう》願えませんかえ」

と百兵衛が言った。仙右衛門が四郎兵衛を見ると、

「浮世小路の親分はなさることが素早いね、精々親分の下で働いてきなされ」

と腹心のふたりの部下に命じた。

おとぼけの親分の百兵衛が残っていた茶を喫して、ふたりが立ち上がった。

百兵衛親分は今戸橋に船を待たせていた。船宿の牡丹屋には百兵衛の手下が三人ほど待っていて、総勢六人が一艘《そう》の船に乗り込むことになった。

百兵衛が胴《どう》の間《ま》に座り、煙草盆を引き寄せた。

船は隅田川《すみだがわ》（大川《おおかわ》）に出ると上流に向かって漕ぎ上がっていった。一服した百兵衛が、

「備後屋の先代に密かに会いましてね、すべてを話しました」

と話を切り出した。

「体が動かなくなり、口がよく回らない隠居だがさすが頭はしっかりとしたものだ。町名主五人組をすぐに呼んで、わっしに事情を説《と》かせましてね、五人組の旦那衆も備後屋とは長年の付き合いだ。すぐに当代の唐左衛門に不始末ありとして養子縁組を解く手続きに手をつけましてな、早速《さっそく》に町役人に届けましたんで」

「それはまた手早いことにございますな」

「唐左衛門が賭場に借金をして厳しい取り立てを受けている様子から、まず小花の勾引しに関わりがあると当たりはつく。だが、その証しはなにもない。手を拱いていてこの一件が表沙汰になったとき、老舗の備後屋は潰れ、家の者も奉公人も路頭に迷うことになる。そのことを考えるといささか拙速《せっそく》とは思いましたがな、

町名主五人組に協力を仰ぎ、当代の唐左衛門を備後屋から切り離す策を企てたんでございますよ」

「さすが、浮世小路の親分は凄腕だ」

「なにが凄腕ですか、番方。わっしらはお出入り先があって成り立つ商いにございましてな。いかにも町奉行所から鑑札《きって》は受けてはおりますが、お手当なんぞは雀《すずめ》の涙です、手先のひとりも養い切れませんでな、ここは備後屋の暖簾を守るほうに加担《かたん》したってことですよ」

とおとぼけの親分が言い訳した。

「これからどちらに行きますんで」

「鐘ヶ淵《かねがふち》に備後屋の御寮《ごりよう》がございましてな、小花を吉原から連れ出したなら、まずこの御寮に連れ込むはずだと当たりをつけまして、手先を調べに行かせました。するってえと、小花がいるかどうかは確かめられておりませんが、不逞《ふてい》の輩が出入りしていることは分かったんでさ。隠居の正蔵さんが病に倒れる前にしばしば御寮を使っておられましたが、治療《じりよう》のこともあり、室町にいることが決まったそうな。となれば御寮に近づく者はいないはずがな」

「山谷堀に舟を待たせていれば、小花を鐘ヶ淵に運ぶのはわけないことにございますよ、親分」

「そういうことだ」

「それにしても備後屋の先代は婿養子にした甥の唐左衛門によくすっぱりと見切りをつけたものですね。親分どのの話を聞いてもひとつすっきりしません、唐左衛門には当然嫁や子がおりましょう」

「先代には娘がひとり、お亜紀《あき》さんと申されましてな、なかなかのできた娘にございますよ。婿養子の唐左衛門を立てて、自分は控えめに店のことなどには一切口出しなされませぬ。夫婦の間には男の子がふたり生まれましたが、そのころから唐左衛門の隠れ遊びが始まっておりましてな、お亜紀さんは唐左衛門の女癖《おんなぐせ》の悪さと博奕にはほとほと苦労してこられました。それでも愚痴《ぐち》をこぼされることもなかったそうな、こんなところに唐左衛門は付け入ったのですよ」

覚悟を決めた百兵衛は唐左衛門の行状《ぎょうじょう》を洗いざらいふたりに話そうとしていた。

「先代が中気で倒れた背景には、唐左衛門が備後屋の女中に手をつけた騒ぎがありましてな、このときばかりはお亜紀さんも唐左衛門を詰《なじ》ったようです。すると唐左衛門は手をつけた女中を店から鐘ヶ淵の御寮に移したそうな」

「呆れ果てた男ですな」

仙右衛門が腹立たしげに言った。

「女癖の悪さでは最悪の唐左衛門が賭場で薄墨太夫の美貌と女伊達《だて》を聞かされて、よし、私の女にしてみせると啖呵《たんか》を切ったことがあるそうな。唐左衛門、賭場から借金の取り立てを受けている身で天下の薄墨太夫を自分の持ち物にすると広言《こうげん》してはみたものの三浦屋に登楼する金子すら乏《とぼ》しくなった。ここからはいささか推量も加わりますがな、薄墨太夫が禿の小花を可愛がっていると聞き及んで、よし、小花を廓の外に運び出して、三浦屋を強請れば千両やそこらの金は出すはずだと踏んだのではないかと考えました。その矢先に三浦屋に強請りの文が届いた」

「親分、小花を勾引しておいて妓楼からその身代金を得る。その金子で薄墨太夫をなんとかわがものにしようという、なんとも馬鹿げた企てにございますな、開いた口が塞がらないとはこのことだ。吉原で遊女三千人の頂を極めた高尾太夫や薄墨太夫は、さようにみみっちい根性に靡《なび》く花魁方じゃございませんや。そのような人情の機微《きび》が分からないようでは、備後屋の主が務まるわけもございませんな」

仙右衛門が呆れた口調で言った。

船は筑波颪《つくばおろし》を正面から受けながら、ゆっくりと隅田村《すだむら》の岸辺を鐘ケ淵へと接近していた。

五つの時鐘《ときのかね》が川面を伝って船に追いついてきた。

幹次郎の脳裏に五七五が浮かんだ。

人の世は　浮くと沈むと　冬模様

第四章　小花の頑張り

一

荒川《あらかわ》が隅田川と呼び替えられ、大きく東から南に流れを変える左岸辺りに古綾《ふるあや》瀬川《せがわ》、新綾《しん》瀬川の二つがひとつになって隅田川に流れ込む。この合流部付近を里の人々は、

「鐘ヶ淵」

と呼んだ。

この界隈、正しくは隅田村であった。

新綾瀬川が大川に流れ込む合流部では流れが蛇行《だこう》し、左右に膨《ふく》らんで複雑な地形をしていた。そんな地形の中に室町の畳問屋、備後屋の御寮が造られたのは、

四代前が腕を振るっていたころのことで、もはや八十数年前のことだという。

新綾瀬川が隅田村へと食い込むように入り込んだ瓢簞形の大きな淀みの縁に立地した御寮は敷地も広く緑も多くて、水上からではどこに御寮の建物があるのか見えなかった。

浮世小路の百兵衛親分が雇った船に便乗した幹次郎は、とっぷりと暮れた鐘ヶ淵の流れに提灯の灯りが浮かんだのを見ていた。

「おや、御寮近辺から舟が出てきましたな」

仙右衛門も気づいていたとみえて呟いた。

提灯の灯りが近づくと備後屋の一字の「び」を崩した文字が灯りに浮かんで読めた。

「親分、唐左衛門の手下が使いに出る舟ではございませんかえ」

仙右衛門が百兵衛に囁く。

百兵衛の船は無灯火で、闇に紛《まぎ》れていた。

「この期《ご》に及んで舟を仕立てるとしたら三浦屋へ届ける脅し文、身代金の受け渡し場所と刻限を知らせる文使いしか考えられませんぜ」

「大いにそんなところかもしれないな。黙って三浦屋に行かせるかえ、番方」

相手の舟には、船頭と編笠を被った浪人と着流しの男の三人が乗っていた。

「親分どの、文使いかどうか確かめて、御寮に乗り込みませぬか」

幹次郎が話しかけ、

「へえ、ならば吉原会所の裏同心の評判の凄腕を見物させてもらいましょうかな」

と百兵衛が平然と応じたものだ。

「船頭どの、ゆっくりとあの舟に舳先《へさき》を向けてくだされ」

ふたつの船の間はおよそ半丁（約五十四・五メートル）と迫り、相手の舟の船頭もこちらに気づいた気配があった。

幹次郎は腰の和泉守藤原兼定と脇差を抜いて船底に置いた。そのせいで腰には小出刃が残されただけで身軽になった。船底に用意されていた捕物用の突棒《つくぼう》、刺叉《さすまた》などの道具の中から四尺ほどの樫《かし》の棒を幹次郎は摑んだ。

船内で片膝を立てて構えた幹次郎の視線の先、相手の舟に慌ただしい動きが出ていた。

船頭が知らせたか、編笠の浪人と着流しの男が体をねじってこちらの様子を窺っていた。

「おーい、備後屋さんの舟かえ」

百兵衛親分が煙管を片手に長閑《のどか》にも呼びかけた。

「うむ」

相手の浪人に警戒の様子が見えた。

「何者だ」

二艘の船はすでに十間（約十八・二メートル）余りに接近していた。

「やっぱり備後屋さんの使いでしたか、ちょうどよかった」

百兵衛の声はあくまで平静だ。

「何用だ」

「だからね、おまえ様の懐にある文をさ、こちらに頂戴しようと思いましてね。

ええ、三浦屋の四郎左衛門様から委任《いにん》されている者にございますよ」

「怪しいな」

「浪人さん、冗談はなしだ。怪しいのはおまえ様方じゃねえのかえ」

二艘の舳先の間は四間から三間（約五・五メートル）に近づき、相手の猪牙舟《ちょきぶね》
がこちらの船から離れようと慌てて方向を転じた。

その瞬間、

「きええっ」

と押し殺した気合いが鐘ヶ淵の水面を揺らし、船底が水面に押しつけられた感じがしたあと、幹次郎の体が虚空に飛び上がっていた。

「おおっ」

編笠の浪人が猪牙に立ち上がりかけ、着流しの男も懐の匕首を抜こうとして手を襟元に突っ込んだ。

幹次郎は二艘の船の間を一気に跳ぶと舳先を変えた猪牙舟の真ん中に舞い下りようとした。

浪人が腰の刀の柄に手をかけ、着流しの男が匕首を抜き放った。

ふわり

と下りた幹次郎の樫の棒が浪人の編笠をいきなり強打し、船底に足裏が触れた瞬間には翻った棒が着流しの男の鬢《びん》を殴りつけていた。

一瞬の飛翔と攻めだった。

ふたりの体が猪牙舟に崩れ落ちた。

「ひえっ」

船頭が悲鳴を上げ、棒立ちになっているのを見た幹次郎が、

「櫓《ろ》を止めよ」

と静かに命じた。

すかさず百兵衛の船の船頭が動きを止めた猪牙舟に横づけしてきた。

「船頭、南町奉行所から鑑札を授かってきた浮世小路の御用聞き百兵衛だ。素直に命を受ければよし、下手な動きをする気なら吉原会所の裏同心の旦那の棒がおめえを鐘ヶ淵の流れに叩き込むぜ。大人しくしねえ」

と長年御用で培ってきた渋い声が命じて、

「お、親分、わ、わっしは備後屋の旦那に雇われただけだ」

と答えがあった。

幹次郎は足元に崩れ落ちた浪人の懐を探り、書状を探し出した。猪牙舟の灯りに、

「三浦屋四郎左衛門」

と宛名が記されてあるのが見えた。

「親分」

幹次郎が二通目の脅迫状を親分に渡した。

「神守幹次郎様にはいささか手応えのない相手でしたな」

と言いながら書状を受け取った百兵衛が封を披いた。同時に猪牙舟に百兵衛の手下がふたり乗り移ってきて幹次郎が気を失わせた浪人と着流しの男から得物《えもの》を奪い取ると御用船に放り込み、捕縄で手際よく高手小手《たかてこて》に縛り上げた。

「千両を布袋三つに小分けして跳ね橋から吊り下げろとございますぜ、刻限は八つ半（午前三時）、ご丁寧に三浦屋から跳ね橋に向かう板屋根道が絵解きして描いてございますよ」

「小花の身はどうなるんでございますな、親分」

「大門の通用戸に小花の身がどこに匿われているか知らせるそうな。なんとも素人じみた勾引《かどわか》しにして身代金の受け渡しですな。これだから素人は怖いや」

百兵衛が呟き、

「そろそろもう一艘、船が姿を見せてもいい刻限だがな」

と隅田川の合流部を見た。すると櫓さばきの音が響いて数人の人を乗せた船影が近づいてくるのが見えた。

「浮世小路の親分、備後屋の御寮に乗り込む仕掛けがございますので」

「番方、仕掛けというほどでもないがね。ここは病を押しても備後屋の先代に出馬を願い、もはや唐左衛門が備後屋とはなんの関わりもないというところを、はつきりとあやつにも世間にも知らせておこうと思いましてね。先代に願って了解を得たのでございますよ」

船は南町奉行所の御用船で、浮世小路の旦那、定町廻《じょうまちまわ》り同心の佐々木勘五郎《ささきかんごろう》らが乗り込み、その傍らにどてらを着せられた備後屋の隠居がひっそりと座り、奉公人が従っていた。

「佐々木様、お出張りご苦労にございます」

「百兵衛、吉原から禿が勾引されて、備後屋の御寮に匿われているというのはたしかかえ」

「いえ、そいつは確かめられておりませんので。しかしながら身代金受け渡しの段取りを記した書状をこやつらが持参して吉原に届けに行くところを、吉原会所の神守幹次郎様があっさりと叩き伏せられて、捕まえてございます。なんでしたら、こやつに息を吹き返させて小花がいるかどうか確かめさせましょうか」

「御寮に唐左衛門がおるかどうかもな、体に問うてみよ」

佐々木の命を受け、百兵衛の手先がまず浪人者の編笠を脱がせて、御用船から上体を水面に乗り出させて顔を水中に強引に浸けたり、上げたりした。すると悲鳴を漏らした浪人が、

「なにを致すか、乱暴狼藉《ろうぜき》、この三門左七《みかどさしち》、許しはせぬぞ」

「そうかいそうかい。で、どうしようってんだ」

百兵衛の手先がまた顔を水中に突っ込んだ。

不意を打たれた浪人が水を飲み込んで、必死の形相で顔を上げた。

「浪人さん、耳の穴かっぽじって聞くんだ。南町の定町廻り同心佐々木勘五郎様が出張っておいでなんだよ、白洲《しらす》の上でおめえの体に問うてもいいんだぜ。そんときはおれっちのような生温《なまぬる》い詮議じゃねえことはたしかだ。おれの言葉が耳に届いたら性根《しょうね》据《す》えて返答しねえ」

「それがし、備後屋に使いを命じられただけだ」

「使いたあ、なんですね」

おとぼけの百兵衛が尋ねた。

「そ、それは、い、言えぬな」

「返答はなしか、手先が言うように奉行所の拷問蔵《ごうもんぐら》に運びますかえ」

「そ、それはならぬ」

「おめえさんの行き先は吉原京町一丁目の大楼三浦屋でござんしょ。こっちはおよそのことは分かっているんですよ、正直に吐いたほうがそなた様のおためですがね」

百兵衛の言葉に浪人が慌てて懐を探った。だが、新綾瀬川の水に濡れた衣服の懐には書状はなかった。

「おめえさんは文使いすらしくじったんだ。ほれ、身代金受け渡しの方途と小花を戻す手順が書かれた書状が、かようにわっしの手にございますよ」

「おお、なんとしたことか」

と嘆《なげ》きの声を上げたが、すでに時遅しだ。

百兵衛の手先が着流しの男の顔を水に浸けて意識を取り戻させていた。

男は新綾瀬川の水を飲んだか、げえげえと吐いた。その様子をちらりと睨んだ百兵衛が視線を浪人に戻し、

「三門左七さん、浪人にしては粋《いき》な名だねえ。おめえらがやったことは、吉原の大籬の薄墨太夫の禿を勾引して、三浦屋から千両強請る話だ。どうみてもおめえさん方、獄門台《ごくもんだい》から逃れられねえぜ。覚悟することだねえ」

「さようなことは一向に知らぬ」

三門が慌てて、着流しの男も悲鳴を漏らした。

「おめえの名はなんだえ、兄い」

百兵衛が三門から着流しの男に矛先を変えた。

「野州無宿浜吉《むしゅくはまきち》」

「無宿者かえ、おめえが獄門台に首晒しても悲しむ者はいないな」

「じ、冗談じゃねえ。おりゃ、備後屋の旦那に賭場で出会って、走り使いに雇われただけだ。旦那方がなにをしているのか、小指の先ほども教えられてねえや。ま、間尺に合わねえよ、助けてくんな、親分」

「ならば南町の定町廻り同心佐々木勘五郎様の前で知っていることを洗いざらい話しねえ。お上に慈悲《じひ》がねえわけじゃねえ」

「三門の旦那、話してくんな、おまえさんの承知のことをよ。わっしら、走り使いだって言ってくんな」

浜吉が三門左七に願った。

「われらが承知のことを話せば、われらを解き放ってくれるのか」

「三門の旦那、お上を相手に駆け引きはなしだ。慈悲を願う者があれこれと注文つけちゃいけねえな。佐々木様が問われることに正直に答えなせえ、おめえさん方の身の振り方はそのあとの話だ」

おとぼけの百兵衛親分が諭《さと》すように言った。

三門左七と浜吉が顔を見合わせ、致し方ないという風に首を横に振った。

「三門左七、備後屋の御寮に吉原から連れてこられた禿の小花が匿われておるか、どうじゃ」

「禿とはどのような女にござるな」

と三門が尋ね返した。

「なに、そのほう、禿がなんたるか知らぬのか」

「知らぬ」

「禿たあ、三門の旦那、花魁の見習い、子供衆《こどもし》よ。だがね、ただの子供じゃねえ、吉原に集まる禿はどこといって非の打ちどころがねえ美しい娘で楼が何十両もの大金を払って買い取り、禿の先輩たる花魁衆の手元で大事奉事《ほうじ》に何年もかけて芸事から歌舞音曲まで教え込んで育て上げる娘のことだ。妓楼にとって先々の米櫃《こめびつ》を潤す娘だから金がかかっている、そんじょそこらの娘とは違うんだ。禿の小花は、吉原一の大楼三浦屋の薄墨太夫が手塩にかけて育てる禿だ、まず吉原でいちばん銭のかかった娘と思いなせえ」

佐々木に代わって百兵衛が禿の説明をした。

「備後屋はそのような禿を勾引したと言われるか」

どうやら三門左七は、小花勾引しには直に関わっていないように思えた。

「御寮でそのような娘を見たことはほんとうにねえので」

「われら、備後屋の寮の奥座敷には入れぬでな、漬物蔵《つけもの》に待機しておるだけの身分だ。のう、浜吉」

「へえ、三門の旦那が言う通りでさ」

「ならば、備後屋の唐左衛門の傍らには深編笠の浪人と鳶職だったという安五郎にもうひとり、仲間がへばりついておるはずですがね。そやつらは何者ですね」

仙右衛門が口を挟んだ。

「深編笠は、備後屋唐左衛門さんの軍師《ぐんし》、林崎夢想流《はやしざきむそうりゅう》達人の養老直克《ようろうなおかつ》様というお方だ、安五郎の弟分は二挺《にちょう》かみそりの達次《たつじ》だ。奥座敷は唐左衛門さんの女、お京《きょう》さんが仕切っておりまして、わっしらは立ち入るどころか母屋《おもや》に近づくこともできない。奥座敷に入れるのはこの三人だけだ」

と浜吉が言った。

どてらに包まれた備後屋の先代の隠居が咳をした。室町の女中を御寮に引き入れた唐左衛門に改めて怒りを感じたか、咳を誘ったようだった。

「備後屋の御寮に何人ほどいるのですかえ」

仙右衛門がさらに問い質した。

「奥座敷の五人と漬物蔵のわっしら八人だ」

「飯はだれが仕度するんです」

「お京さんの命で御寮の飯炊きのおくらさんが奥への膳六つを拵《こしら》える。わっしらのはもうひとりの婆さんが仕度してくれるんだ。奥と漬物蔵じゃあ、まるで食いものが違うんだよ」

浜吉が愚痴っぽく答えた。

「浜吉と申したか」

と幹次郎が浜吉を睨んだ。

「へえ、なんですね」

「そなた、奥座敷に飯炊きのおくらが膳六つを用意すると申したな、たしかか」

「それはもう。母屋の台所に飯櫃をもらいに行ったとき、猫足の膳が六つ並んでおりましたよ」

「備後屋の元主の唐左衛門とその女のお京、用心棒の養老直克、鳶くずれの安五郎に二挺かみそりの達次で五人のはずだな、なぜ膳は六つ用意されるな」

「さあて、そんなこと考えたこともなかったな、だけどたしかに膳は六つだったな、ひとつは仏壇に上げるんじゃございませんか」

浜吉があてずっぽうの答えをなした。

「六つめの膳が小花のものと神守様は仰《おつしや》るので」

百兵衛が幹次郎に訊いた。

こほこほ
と備後屋の隠居が咳をした。

夜が更《ふ》けて鐘ヶ淵一帯の水面に寒気が忍び寄っていた。

「と考えられぬこともないような気がしてな」

「となると小花は奥座敷のどこかに幽閉《ゆうへい》されておるということでございましょうかな」

「身代金を受け取るまでは小花は必ず生かされておりましょう。千両の身代金を保証する禿ですからな、親分」

仙右衛門が百兵衛の呟きを請け合い、

「やはりお京の監視がついて、御寮の母屋のどこぞに匿われていると思われます」

と当たりをつけた。

「おふたりさん、備後屋の御寮の母屋がどうなっておるか、承知ですかえ」

「最前も言ったはずだ。母屋の台所の板の間にさえ上がらせてもらえねえわっしらだ、分かるものか」

仙右衛門の問いに浜吉が答えた。

こほこほこほ
備後屋の隠居が咳を繰り返して、従ってきた奉公人になにごとか伝えた。

奉公人は隠居の口元に耳を持っていき、一語一語息とともに吐き出される言葉を聞いていたが、顔を隠居から離して言い出した。

「ご一統様、ご隠居は先々代が御寮を建てられたときの間取り図を持参しておられます。普請のときから間取りは、変わりないそうです」

その言葉とともにどてらの下から震える手に持たれた間取り図が差し出された。

「備後屋の隠居、拝見させてもらいます」

百兵衛親分が間取り図を提灯の下に広げた。すると隠居の口から、

「ぶ、ぶ、つ、ま、した」

という言葉が吐き出された。

二

幹次郎は和泉守藤原兼定を右手に左腕の肘を立て、体を寝かせて真っ暗闇を、
ずずっ
と這っていた。腰には脇差はなく小出刃が差し込まれているばかりだ。

備後屋の御寮の母屋の床下は蜘蛛の巣が張り巡らされて、糸が髷《まげ》に絡んだ。

仙右衛門が幹次郎のあとに従っていた。

備後屋の隠居が用意した御寮の間取り図を頭に叩き込んだ幹次郎と仙右衛門の
ふたりは縁側の床下の風抜き孔《あな》を抜けて座敷下に潜り込んだところだ。

母屋では博奕でも行われているのか、人が騒ぐ気配が床下まで伝わってきた。

その床下を手探りでひたすら仏間へと向かっていた。

床下を流れる空気が止まった。

前方に衝立《ついたて》のように壁が立ち塞がっていた。仏間の仏壇下の戸棚から竪穴《たてあな》が地下蔵に通じていた。その竪穴の中に梯子段が設けられているそうな。

幹次郎が土壁を触っていくと、一か所が板壁だということが分かった。

隠居が子供の折り、床下に潜り込んで遊んだ記憶を信ずれば、その板壁には戸が嵌め込まれており、開けると梯子段を伝って地下蔵へと下りられるという。

仏間には人がいる気配がなかった。幹次郎は、

「番方、戸らしきものに手が触った」

と囁くと仙右衛門が手に保持してきた種火を浅草仰願寺《こうがんじ》の住職が考えたという蠟燭《ろうそく》に灯した。仰願寺蠟燭と呼ばれる仏壇用の小蠟燭だ。

小さな灯りが仙右衛門の顔を浮かび上がらせた。

「戸はどれですね」

幹次郎が這った姿勢で体をずらした。すると四尺四方の石壁の一角に一尺六、七寸（約四十八・五〜五十一・五センチ）余の板戸があって、外から閂《かんぬき》が掛かっていた。

なんのための孔なのか、隠居も知らないという。だが、禿の小花が押し込められているとしたら、地下蔵しか想像がつかないと隠居は動きにくい口で幹次郎らに告げたのだ。

そこで南町奉行所定町廻り同心の佐々木勘五郎と浮世小路の百兵衛親分、吉原会所の仙右衛門と幹次郎が相談して備後屋に押し込む手順を決めた。

まず小花を無事に助け出すことを優先し、続いて勾引しの実行者たる唐左衛門一味を捕縛する。

ただし、そのふたつに先立って、備後屋の隠居が町名主を同道して、唐左衛門に会い、すでに備後屋の婿養子の縁組が解消されたことを宣告することが決められた。

備後屋の暖簾を守るべく町奉行所が目を瞑《つむ》るために踏むべき手順だった。

仙右衛門の蠟燭の灯りを頼りにそうっと閂を外し、扉を開いた。すると淀んだ空気がふたりの鼻孔《びこう》に感じられた。

仙右衛門が灯りを片手で隠しながら孔に差し出した。すると四尺四方の石壁の間に二尺(約六十一センチ)幅の梯子段が地下に下りていることが確かめられた。最近梯子段が使われたようで埃《ほこり》は積もっていなかった。

「それがしが先に参る」

幹次郎が戸から梯子段の途中に静かに片足を下ろすと、ぎいっと梯子段が軋《きし》んだ。しばらくその姿勢で上下を見回したが、だれかが気づいた様子はない。

幹次郎が足を梯子段にかけ、そろりそろりと下りると仙右衛門が続いてきた。

梯子段は途中からでも十数段あった。下り切ったところに踊り場があって、一面に厚板の引き戸が見えた。

幹次郎は内部の様子を窺ったが静かだった。仙右衛門が下りてきて、ふたりは阿吽の呼吸で引き戸を開き、灯りが地下蔵に突き出された。

六畳ほどの板の間に寝床が敷かれて、人がいた気配が残っていた。だが、小花の姿はなかった。

「身代金との交換のためにすでに座敷に上げられたか」

と仙右衛門が呟く。

ふたりが地下蔵に敷かれた夜具《やぐ》を調べると、敷布団の下から鷲神社の真新しい御札が出てきた。

「きっと小花の御札ですぜ」

幹次郎が拾い上げ、懐に仕舞った。

「手順が狂った、仏間に上がろうか」

へえ、と返答した仙右衛門が先に立ち、梯子段を上がった。二十段ほどの梯子段の先は閉じ蓋《ぶた》で塞がれていた。仙右衛門が頭でそうっと持ち上げた。すると唐左衛門の声が響いてきた。

「なんですって、この備後屋の主たる唐左衛門を、すでに商いから手を引いた隠居が縁を切るですと、ちゃんちゃらおかしゅうございますね。へそで茶を沸かすとはこのことだ。やれるものならやってごらんなさい」

その言葉に隠居が必死に応じようとしたが、思うように動かぬ口がいよいよ回らず意味不明の、

「ああ、ううっ」

という声だけが漏れた。

「唐左衛門さん、町名主の大乗寺総右衛門《だいじようじそうえもん》です。そなたを離縁する備後屋の届けは、五人組立ち会いでたしかに町奉行所に出されました」

「総右衛門さん、節介極まりない話ですな。そんな話を奉行所のだれが承知しますものか」

「そうでしょうかな」

「なにもしない者を奉行所がどうしようというのです」

仏壇下の戸棚の内側に這い上がった幹次郎はわずかに開かれた戸の隙間から総右衛門が辺りを睨み回した表情を認めた。総右衛門の口から、

「老舗の畳問屋の旦那が不逞の輩を御寮に集めて、博奕をしながら酒盛りですか、よいご身分ですな」

という責めが発された。

「総右衛門さんに言われる謂れはない。ここはうちの御寮、そこへだれを招こうと他人様《ひとさま》の知ったことではない」

仙右衛門が続いて仏壇下の戸棚に上がってきた。

幹次郎が体をずらし、引き戸をさらに開けた。仏間に接した座敷に大勢が酒盛りをしながら博奕に興じていた痕跡が見えて、今はそれらの者たちが備後屋の隠居と大乗寺総右衛門のふたりを囲んでいた。

「備後屋の旦那、話が真ならいささか厄介なことになりはせぬか」

と声がした。

唐左衛門の軍師という林崎夢想流の遣い手養老直克だろう。

「養老様、まずふたりを手捕《てど》りにして地下蔵に閉じ込めておきましょうかな。吉原の一件が済んだら、ふたりの始末をとっくりと考えればよい」

「それもそうか。ならばそろそろ川を押し渡ろうか」

と唐左衛門と養老が話し合い、

「このふたりを地下蔵に放り込め」

と仲間に養老が命じた。

「唐左衛門さん、やっぱり吉原の禿を勾引して三浦屋を強請っておいででしたか」

「おや、大乗寺の旦那、それを承知で」

「平然としておられるが、人ひとりを勾引して大金を強請る行いがどれほどの罪かご存じないか」

「三浦屋は得心ずくで、この禿の命に金子を払うと言うております。いわば商いです。私が手を貸したからといってなんということもありますまい」

「呆れ果てました」

「こちらは問答に飽きました。大仕事が待ってますでな」

と唐左衛門が答え、あまりのふるまいに堪忍袋《かんにんぶくろ》の緒が切れた隠居が、

「げ、げどう」

と動かない口で叫んだ。

「外道と言いなすったか。はい、私は外道です。店の金子を持ち出して遊びに使い、女中に手をつけ、御寮に住まわせております。だが、これまで遊んだ金子を遊んだ先から回収しようというのです。お店に金子を返しますよ。それを外道と呼ぶならば呼ぶがいい。さあ、さっさとふたりを地下蔵に」

と唐左衛門が言い放ったとき、総右衛門が、

「ご隠居、この者に言い聞かせてもなんの役にも立ちませんよ。もはやこれまでです。あとは南町奉行の手にお任せ致しましょうぞ」

と叫び返した。

「なんですと、奉行所の手ですと」

唐左衛門の驚きの声を聞きながら幹次郎と仙右衛門は戸棚から仏間に転がり出た。

その瞬間、

「南町奉行所定町廻り同心佐々木勘五郎様がお出張りだ。元備後屋主、唐左衛門、浮世小路の百兵衛がてめえらの悪事を見逃すと思うてか」

という百兵衛親分の小気味のいい啖呵が響きわたり、母屋に捕方連が押し入った気配があった。

幹次郎は仏壇を顧みた。なんとも大きな仏壇だった。

「くそっ、養老の旦那、しばしの間、不浄《ふじよう》役人を足止めしてくださいな。私は禿を連れてひと足先に吉原に向かいますよ」

と言い放った唐左衛門が、

「木っ端《こぱ》役人、この禿の顔に傷をつけてもようございますか」

唐左衛門が懐に隠し持った匕首を抜いてどこからか連れられてきた小花の顔に突きつけた気配があった。だが、そのような最中にあっても小花は驚きの声ひとつも上げなかった。

「お役人、おとぼけの親分、道を空けてくださいな」

と唐左衛門が脅し、

「旦那、この禿は二挺かみそりの達次に任せてくんな」

達次が言いかけ、両方の手に持った剃刀《かみそり》を背後から小花の細い首筋に当てた。

「花の盛りを前に禿の小花の命を生かすも散らすもおめえらの動き次第だ。さあ、とっとと退《ど》きやがれ」

達次が捕方を睨み回した。

「旦那、安五郎が先導しやす、わっしのあとに続いてくんな」

と安五郎が加わり、

「達次、役人どもが少しでも変な動きをしたら、かまうことはねえ。禿の細首を掻き斬りな」

と仲間に命じた。

「そのほうらの好きにはさせぬ」

仏間の薄暗がりから幹次郎は捕方と唐左衛門一味が睨み合う座敷を見通せる敷居際に立った。そして、ゆっくりと手にしていた和泉守藤原兼定を腰に戻した。

「なんだ、てめえは」

幹次郎の言葉にぎくっとした勾引し一味の面々が振り向いた。その間から唐左衛門に襟首を摑まれた小花の顔が見えた。

「あ、神守様、小花を助けに参られましたか」

「ようも我慢したな、いかにも薄墨太夫の命で助けに参った」

小花が両の首筋に刃を当てられながらも幹次郎に微笑み返した。

「禿が死んでもいいんだな」

唐左衛門が鬼の形相で叫んだ。

そのとき、備後屋の隠居がよろめき立つと、

「おのれ、お、鬼め、げ、外道め」

と叫びながら唐左衛門に摑みかかった。

唐左衛門が持っていた匕首を叔父であり、義父であり、主であった隠居の胸に突き出した。切っ先が痩せた胸に突き刺さり、

「あああっ」

とよろめいた隠居が唐左衛門の体に縋《すが》った。

両派が動き出そうとした。

二挺かみそりの達次が刃を振るうかどうか迷った。

幹次郎の右手が流れて小出刃を抜き上げると居合術の動きで虚空に回し込みながら高い位置から手首の捻りで達次に投げ打った。

小出刃が飛んで達次の喉に突き立った。

げえぇっ
と押し殺した声を発した達次に向かって幹次郎が突進し、小花の体を両腕に抱き抱えて、襖が閉じられた隣座敷に身をぶつけるように跳んだ。襖を押し破って転がったふたりのところに百兵衛親分の手先たちが駆け寄ってきた。

「小花を頼んだ」

「合点《がってん》で」

幹次郎は小花を手先に預けるとゆっくりと立ち上がった。破れた襖の向こうでは唐左衛門に十手を翻した佐々木勘五郎が突進し、十手で顔面をしたたかに殴りつけた。

あちらこちらで捕方と養老の仲間たちが渡り合っていた。

幹次郎は養老直克がそうっと御寮の座敷から姿を消そうとするのを見た。

「養老直克、林崎夢想流の居合を遣うと聞いた。腕前を見てみようか」

幹次郎の声に養老が立ち止まった。

「吉原会所の裏同心は居合を遣うそうな」

「もはやそなた、逃げる場所はない。どうだ、剣客らしく今生《こんじょう》の見納めに得意な技を遣うてみぬか」

「しゃらくせえ」

と振り返った養老が座敷に仁王立ちになり、林崎夢想流居合術の構えを取った。

幹次郎も戦いの間合に入っていた。

周りでは捕方と養老一味が混戦模様で渡り合っていたが、もはや養老と幹次郎は互いに相手のことしか念頭になかった。

「愚《おろ》か者が」

佐々木勘五郎が唐左衛門を座敷の隅に押し倒して、片膝で背中を押さえていた。

その傍らでは浮世小路のおとぼけの親分が鳶くずれの安五郎の鳶口と十手で渡り合っていた。

幹次郎は、腰に一本だけ差した和泉守藤原兼定の業物の鞘元に左手を添えた。

養老は鮫革《さめがわ》の柄に軽く右手を触れて、その手を右脇にだらりと垂らした。

乱闘が続く御寮の母屋にあって、幹次郎も養老ももはや他の争いに注意を払わなかった。

間合一間（約一・八メートル）。

どちらかが踏み込めば生死の境を越える。

「神守様、小花は無事なところに下げましたぜ」

仙右衛門の落ち着いた声が響いて、

「もはや唐左衛門は佐々木様の手でお縄になった、これ以上抗《あらが》うとお白洲の吟味が厳しくなるだけだぜ」

と残党に言い聞かせるように叫んだ。

まだ数人残って抗ったり、逃げ場を探ったりしていた一味がばらばらと得物を投げ捨て、その者たちに捕縄を手にした百兵衛親分らが飛びかかっていった。

備後屋御寮の戦いは幹次郎と養老直克の居合勝負だけが残った。

佐々木勘五郎が両者を横から見ることのできる場所に陣取り、息を凝らした。

幹次郎の口から、

「加賀国金沢湯涌谷の住人、戸田眼志斎どのが創始した眼志流ご披露申す」

の言葉が漏れて、

「眼志流じゃと。田舎《いなか》流儀で林崎夢想流に挑もうとは愚か者が」

と養老が応じた。

次の瞬間、ふたりが同時に間合に踏み込んだ。

養老は左手の親指で角型の浅妻舟図鍔《あさづまぶねずつば》を弾き出すと腹前を飛鳥《ひちよう》のように躍った右手で一気に抜き上げ、その流れのままに幹次郎の胴を両断しようとした。

幹次郎は抜き上げられた相手の刃を兼定で弾いていた。

ちゃりん
と音が響いてさらに勢いを増して翻った兼定が養老の首筋に向かって伸び、したたかに斬り上げた。

「うっ」

という声を漏らした養老の体が前傾姿勢のままに竦んだ。

「浪返《なみがえ》し」

佐々木勘五郎は幹次郎の呟きをたしかに聞いた。

居合は一本勝負だ。だが、修羅場を数多経験してきた幹次郎には二ノ手があった。それが勝負の分かれ目だった。

噂に聞いていた吉原会所の裏同心の剣技は、

「尋常ではない」

という話を眼前に見て、得心した。

どさり
と竦んでいた養老の体が備後屋の御寮の畳に崩れ落ちて、吉原の大楼三浦屋の禿小花勾引し騒ぎは幕を閉じた。

四半刻後、幹次郎と仙右衛門に小花を乗せた船はゆっくりと鐘ヶ淵から隅田川へと出た。

船は百兵衛親分が、

「わっしらは後始末にしばらく時間がかかりそうだ。禿を連れて先に吉原に帰りなせえ」

と親切にも仕立ててくれたのだ。

「小花、眠くはないか」

幹次郎は寒風が吹き抜ける船上で目を開けた小花に尋ねた。

「神守様、小花はかようなときしか廓の外に出ることができませぬ。精々夜の隅田川を目に焼きつけておきます」

けなげな答えだった。

「姉は廓の外に憧《あこが》れて間違いを起こしました」

小花ことおみよが言い足した。

姉のおこうは、花伊勢から小紫の名で出ていた売れっ子の遊女だったが、先の吉原大火の夜に偶然に行き合った湯屋の女衆に自分の打掛を着させておいて刺し殺し廓の外に逃れていた。

その顚末《てんまつ》はもはや記すまい。

「番方、神守様、私は姉と同じ道は決して辿りません。薄墨様のような立派な太夫になってみせます」

凜とした声が冬空の船上に響いて、仙右衛門が大きく頷いた。

三

翌朝、幹次郎が朝湯から左兵衛長屋に戻ってくると吉原の大楼三浦屋から竹笊《たけざる》に杉の葉が敷かれた上に目の下一尺五寸（約四十五・五センチ）はありそうな真鯛が届いていた。

「姉様、うちはふたりじゃぞ。かように大きな鯛、食い切れぬわ」

「幹どのは私とふたりで食するつもりですか」

と汀女が笑った。

「三枚におろしてもらい、切り身にすれば長屋じゅうにお裾分けができましょう。それで片がつきます」

幹次郎は三枚におろすのもこの大きさだと大変じゃな、と考えていると、

「幹どの、あと四半刻もすれば長屋に棒手振《ぼてふ》りの魚屋が参ります。その者になにがしか手間賃を払えば簡単に始末してくれましょう」

「そうか、餅は餅屋に任せればよいか。それにしても左兵衛長屋では魚を購《あがな》う者がいなくなるかもしれんぞ」

「魚屋には気の毒ですが、十分に手間賃を払いましょう」

「それがいい」

と話がついた。

「幹どの、四郎左衛門様からの届け物はそれだけではございませぬ」

「なに、他になにかあるのか」

汀女の目が神棚に行った。

吉原の暮らしが落ち着いたころ、ふたりは小さな神棚と仏壇を買い求め、一階の座敷に設けて、毎朝汀女が神棚に水を捧げ、仏壇に炊き立ての飯をお供えしていた。その白木の神棚に袱紗《ふくさ》包みが見えた。

「なに、金子まで届けられたか」

「鯛は有難く頂戴しますが金子は過分《かぶん》です、幹どのも受け取られますまいと使いの男衆に四郎左衛門様にお返しくださいと何度も願いました。じゃが、お聞き入れいただけませんでした。どうなされますな、幹どの」

「小花を助け出したお礼ならば、鯛で十分過ぎる。それがしの務めは吉原の遊女衆、禿衆などの身の安全を図ることに尽きる、それで会所から給金をもらっておる。つまりは当然の務めを果たしたに過ぎぬ。あとで三浦屋を訪ねて楼主様にお返ししておこう」

「それがようございます」

汀女が答えたところに飯台《はんだい》をかたかたと鳴らして棒手振りの魚屋、恒吉《つねきち》が木戸を入ってきた様子があった。そして、

「さかな、さかな！　今朝は房州から鰯《いわし》のいいのが入っているぜ！」

と呼ばわった。

「姉様、それがしが鯛を持っていこう」

まだ土間に立っていた幹次郎が竹笊を両手に抱え、汀女が二朱を入れた包みを手にした。

恒吉の商いを邪魔した代金として二朱は多い。だが、汀女は小花が無事に吉原に連れ戻された祝儀《しゅうぎ》と思い、張り込んで包んだのだ。

「魚屋どの」

井戸端に飯台を下ろした恒吉のもとにすでに女髪結のおりゅうら、六軒長屋の女衆が集まっていた。

「おや、神守様、鯛なんぞ持ち出してなにごとですね」

「おりゅうさん、三浦屋さんから頂戴した鯛を恒さんにさばいてもらおうと思うてな、持参した」

「見事な鯛ですね」

おりゅうが言い、

「生きがいいよ、まるで泳ぎ出しそうだよ」

と言い足したところに汀女が登場して、

「恒吉さん、商いの邪魔をして悪いが鯛を三枚におろして切り身にしてくれませんか。長屋の衆にお配りしたいのです」

「えっ、私たちにお裾分けなの。恒さん、今朝は長屋のだれも鰯なんぞ買わないよ」

「えっ、参ったな」

と肩を落とした恒吉の前に、

「恒吉さん、さばき賃です」

と汀女が奉書包みを差し出し、えっ、と今度は驚きの表情に変わった魚屋が包みを上から触って、

「汀女先生、こんなにもらっていいのかねえ」

と恐縮の体を見せた。

「鰯が売れないお詫び料です」

「鰯なんぞは次の長屋ではけますよ。よし、ご一統さん、長屋に戻ってよ、皿なんぞを持ってきてくんな。半身は造《つく》り、もう半身と中骨は切り身にするからよ、焼くなり煮るなり勝手にしてくんな」

と恒吉が張り切った。

「汀女先生、頭《かしら》はどうしますえ、兜煮《かぶとに》にすると飯が何杯でも食べられるぜ」

「そいつは美味《うま》そうな」

と幹次郎が応じたが、

「いや、頭に少々造りをつけて左兵衛さんに届けよう。日ごろ無沙汰をしておるでな」

と頭を大家に譲った。

「えっ、一番いいところを大家に差し出すって、勿体ないよ」

「左兵衛どのは風邪を引いておると聞いた。精をつけてもらわぬとな」

「神守様は男にも女にも優しいやね。そのせいで、あちらこちらで艶《つや》っぽい噂が立つのかね」

一番先に長屋から器を手にしてきたおりゅうがぼそりと呟いた。

「おや、おりゅうさん、うちの亭主どのは外面《そとづら》がそれほどようございますか」

「廓の内でも外でもいいよ」

「廓の内の風聞《ふうぶん》はなんとなく察しがつきます、おりゅうさん」

「外の話は最近のことでしたね、神守様」

「うむ、さような艶っぽい噂がござったか」

「あれ、とぼけているよ」

「とぼけてなどおらぬ、思い当たらぬだけだ」

いっひっひひ
と笑ったのは元芸者にしてただ今は見番《けんばん》の太鼓のお師匠のおたけだ。

「おや、師匠まで」

「知らぬは女房ばかりなりってね。おりゅうさん、奥山の芸人紫光太夫との仲だよ」

「おや、師匠も承知かえ」

「奥山じゅうの噂ですよ。あの身持ちの固い女出刃打ちが急にきれいになったってね」

「太夫は元々美形の女芸人で気風もいいし、客に人気の小屋者だがね。その紫光太夫が神守幹次郎様になびいたとか惚れたとか」

「なんだ、師匠のことにござるか。あれは内緒にしておいてくれぬかな」

「内緒もなにも汀女先生の前で掛け合いかい」

「おりゅうさん、勘違いするではないぞ。それがしが師匠と呼んだのは、商いの出刃打ちのこつを教えてもらったからだ」

「えっ、神守様が出刃打ちをあの師匠に習ったですと、おかしいやね。だって神守様は薩摩示現流となんとか流の居合術の遣い手なんだろ。なぜ出刃打ち芸人の弟子になったんだえ。まさか舞台に立とうという話ではないよね」

おりゅうはちょっと話が違ったかという顔で問い返した。

「女髪結のおりゅうさんにして知らないこともあるんだね。神守様が舞台に立つってのは、真の話なんですよね。おれ、師匠の口からこんど凄腕の弟子を取ったと聞かされたもの。その弟子が近々舞台に立つんだとよ。ですよね、神守の旦那」

と鱗《うろこ》を包丁で手早く取った恒吉が鮮《あざ》やかな手つきで三枚に鯛をおろしながら問うたものだ。

「おや、幹どのは奥山の舞台に立たれますので」

「姉様には言わなかったか」

汀女が首を横に振った。

「太夫は出刃打ちの技を惜《お》しみなく伝授してくれた。その技が役に立ったときには、それがしが奥山の舞台で紫光太夫と出刃打ちの競演をする約定なのだ」

「おや、そんな約束ができておりましたか。ならばその折りは私も見物に行かせてもらいます」

「初舞台から姉様の見物か。いささか上気して的を外すかもしれぬ」

「おや、出刃打ちが的を外しては芸になりませぬな」

「姉様、いやそうではないぞ。素人のそれがしを舞台に上げようというのだ、太夫は的を外すのも愛嬌《あいきょう》と分かっておられる。それも芸の内であろう」

「ほんにそうでしたな、ほっほっほほ」

と汀女が笑い、

「汀女先生の悋気《りんき》を焚《た》きつけようとしてもいつもこれだもの、張り合いがないね。なんとか汀女先生を本気で怒らせてみたいもんだよ」

おりゅうが嘆くように呟いた。

「おりゅうさんよ、汀女先生のことよりてめえの身はどうなんだ。いつまで孤閨《こけい》を守っているんだい、蜘蛛の巣が張るよ」

「恒、余計なお節介を言うねえ、柄杓《ひしやく》で殴ってやろうか」

「ちぇっ、汀女先生の代わりにおりゅうさんが怒っちまった」

と言いながらも恒吉はいつの間にか三枚におろした一枚を、研いだばかりの刺身包丁で薄く身を掻き取るようにして、一統が長屋から持ち出してきた皿に次々に積み重ねるように盛っていった。

「恒吉どの、見事な掻き鯛の刺身ですね」

と汀女が褒めた。

「しがない棒手振りですがね、ゆくゆくは店の一軒も持ちたいやね。そんときよ、掻き鯛の注文を受けて知りませんじゃあ、職人が通りませんや。あちらこちらの魚屋や料理茶屋の親方に頭を下げて、修業を怠《おこた》りませんので」

「感心な心がけじゃな」

「鰯は売れなかったが神守様夫婦に褒められたよ」

と恒吉が満足げに笑った。

朝餉、炊き立てのご飯と掻き鯛の刺身で幹次郎は三膳お代わりして満足した。

鯛さしで　三杯めしの　至福かな

胸中の駄句《だく》が悟られないように、そうっと汀女を見た。

会所に行く仕度をなした幹次郎は神棚に拝礼して袱紗包みを手にした。

「姉様、二十五両かと思ったら五十両か。さすがは天下の三浦屋の大旦那のなさること、太っ腹じゃな」

「大鯛のさばき料に二朱包むのと大違いです。それにしても五十両もの大金、頂戴しても使い道に困ります」

「いかにもさよう」

幹次郎は袱紗包みを懐に納めた。

幹次郎はこの朝、近ごろ腰に手挟《たばさ》むことが多い和泉守藤原兼定ではなく、豊後岡藩を逐電《ちくでん》したとき、腰にあった刃渡り二尺七寸（約八十二センチ）の大業物を珍しく選んだ。無銘ながら江戸の研ぎ師が、

「豊後《ぶんご》行平《ゆきひら》」

と推測した一剣だ。その代わり脇差は差さず、小出刃を手にして迷った。

「姉様、薄墨太夫の身辺に夜嵐の参次の気配はないな」

「私もできるかぎり薄墨様の近くに身を潜《ひそ》めておりますが、その様子はございません」

と応じた汀女が、

「ひょっとしたら幹どのを始末してのちに薄墨太夫に狙いを定めようと手順を変え、なにごとか画策しておるのではございませんか」

「かもしれぬ。それにしても紫光太夫に出刃打ちを習ったことが奥山じゅうに知れ渡るとは、いささか勘定《かんじょう》違いであった」

南蛮短筒と出刃打ち、飛び道具同士の対決ではまるで勝負にならない。小出刃の不意打ちは、参次にこちらに飛び道具などないと思わせることを前提とした作戦だった。

「どうしたものかのう」

汀女がしばし考えて、

「幹どのには女性《にょしょう》の厚意がつねにつきまといます。それが幹どのの目に見えぬ加護《かご》になっております。ゆえに本日まで息災に生き延びてこられたのです。紫光太夫直伝《じきでん》の出刃打ち、ひょっとしたら参次の南蛮短筒の機先《きせん》を制するやもしれませぬよ。いったん思いつかれた工夫です、最後までこだわってみなされ」

と言った。

幹次郎は頷くと小出刃を無銘の大業物の傍《そば》に差し込んだ。

京町一丁目の角に大楼三浦屋を訪ねたとき、四つ（午前十時）の刻限を大きく過ぎていた。

妓楼では客を送り出して二度寝した遊女が起き出す刻限でもあった。

「おや、神守様」

男衆が幹次郎の姿に目を留めて迎え、

「無事に小花を連れ戻していただき、真に有難うございました」

「小花はしっかり者の禿にございましたぞ。それがし、感服致しました。どうしておられますな」

「女将さんが小花を柴田相庵先生のもとに連れていき、どこにも怪我がないか診《み》てもらっております」

禿の身には大金が支払われていた。将来、松の位の太夫についたとき、それまでかけた費えが何倍、何十倍になって回収されるのだ。妓楼にとって大事な米櫃である。

無垢《むく》のままに成長させて旦那を取る。突き出しとして一夜の代金に三百両、五百両と旦那が支払うのは、体に傷ひとつなく処女《おぼこ》であることが前提の取り引きだった。

小花が備後屋の旦那一味に勾引されたことは早晩廓の内外で噂になる。むろん連れ戻された小花はすぐに遣手ら女衆によって風呂に入れられ、舐め回されるように体の隅々まで調べられていた。

三浦屋としては、小花が傷ひとつなく救出されたことを第三者に証明してもらわねばならなかった。柴田相庵の診療所に連れていかれた理由だった。

幹次郎は帳場に通された。

四郎左衛門が縁起棚を背にして若い衆ふたりに肩や腕を揉《も》ませていた。

「神守様、昨夜のお働き、四郎左衛門、お礼の言葉もございません」

と言いながら、若い衆たちを下がらせた。

「いえ、会所の務めを果たしたまでにございます」

幹次郎は座敷の端に座した。

「うちにいる禿は小花だけではございません。ですが、小花がうちに禿として出た経緯が経緯だ。その上、薄墨太夫が姉女郎について、小花の行く末を見守っております。小花は薄墨、高尾太夫に代わって育てるべき華にございますでな、なんとしても無事に連れ戻していただきたかった。その願いに神守様方は見事に応えてくれました」

四郎左衛門が丁重に礼を述べた。

「四郎左衛門様、今朝方は早々とお使いをいただき、大鯛を頂戴致しまして恐縮しております。ちょうど長屋に出入りの魚屋が参りましたでさばいてもらい、長屋じゅうにお裾分け致しまして、それがしも姉様も鼻高々にございました。これも三浦屋様のお陰でござった、有難うございました」

幹次郎は懐から袱紗包みを出し、膝の前に置いた。

「四郎左衛門様、お礼ならば大鯛で十分に釣りがきます。どうかこの金子、お気持ちだけいただきますのでお返し申します」

と四郎左衛門の前へすいっと押し出し、一礼した。

「おやまあ、たしかに薄墨が言うた通りのことになりましたな。されど神守様、三浦屋四郎左衛門がいったん差し出した金子です。受け取っていただかなくては困ります」

四郎左衛門もまたすいっと幹次郎の膝の前に押し戻した。

「困りました」

幹次郎が両手を虚空に迷わせて思案した。

「おや、旦那さんと神守様が袱紗包みを真ん中に睨み合《お》うておられます。横綱の谷風関と小野川関の勝負のようでありんす。なんとも面白い光景にございますわいな」

湯上がりに薄化粧した薄墨太夫が帳場座敷に入ってきた。

「薄墨、神守様に言い聞かせてくれぬか」

「旦那さん、それは大変難しい話にありんす」

今朝の薄墨はなぜか廓言葉でふたりに応じた。

「とは申せ、旦那さんもいったん出されたお礼の金子、懐に戻しにくうござんしような」

「なんぞ知恵はないか」

「この袱紗、わちきがいったんお預かりしんしょうか」

「そなたの懐に入った金子なれば、神守様は納めるというか」

「いえ、旦那さん、神守幹次郎様はわちきの気持ちも汲んではくれんせん」

薄墨が幹次郎を睨んだ。

「神守様、小花の一件は無事収まりました。されど未だ私には災《わざわ》いが残ってございます」

薄墨が廓言葉を捨てた。

「夜嵐の参次にござるな」

「神守様、いかにもさようです。夜嵐の参次こと町野参次郎、こたびの備後屋の騒ぎより厄介でございます。もし神守様の手で参次の企てを止められ、この身が無事であったとき、預かった金子、なんとしても神守様にお渡し申します。それで旦那さん、いかがにございますか」

「よし、そなたが請け合うなれば、それもひとつの思案かな。うちにとって薄墨の身になにかあったら、小花どころではない大事ですからな。神守様、なんとしても薄墨太夫を守ってくださいましな」

三浦屋の四郎左衛門が願った。

「旦那さん、薄墨の命はあの大火の折りに一度は消えました。それを救い出してくだされたのがこの神守幹次郎様、こたびも必ずや加門麻の命、守ってくださいます」

と薄墨太夫が応じたとき、

「女将さん、小花を連れてお帰り！」

と見世先で叫ぶ男衆の声がした。小花が柴田相庵の診察を受けて戻ってきたのだ。

四

幹次郎は馬喰町の煮売り酒場に身代わりの左吉の姿を求めて訪ねた。夜嵐の参次の調べを願っていたが、左吉から珍しいほど連絡《つなぎ》が入らなかった。幹次郎は左吉の身になにかがあったのではと虎次の店を訪ねたのだ。

「あれ、神守様だ」

小僧の竹松が幹次郎を迎えてくれた。

「左吉どのはどうしておられるな」

「あれっ、左吉さん、吉原に訪ねていかなかったの」

「なに、左吉どのが吉原を訪ねたとな。いつのことだ」

「昨日の昼前のことだよ。神守様に急ぎ会わないとと言い残して、急ぎ足で消えたぜ。珍しく慌てた様子があったな」

と竹松が答えて、

「吉原に左吉さん、姿を見せたんだろ」

と尋ね返した。

「いや、左吉どのとは、過日ここで別れて以来、顔を合わせておらぬ」

「そりゃ、おかしいや。たしかに急いで吉原に行ったんだぜ」

幹次郎は、左吉の身になにが起こったか思案した。

左吉は、夜嵐の参次についてなにごとか探り得たゆえに幹次郎と会おうとした、ゆえに吉原に急いだのだろう。だが、左吉が左兵衛長屋にも吉原会所にも姿を見せた様子はない。

となると馬喰町から吉原への道中で異変が起こったか、俄かに急な用事が発生したか、二つにひとつしかない。後者となると本業の身代わりの用件だろう。

「小伝馬町の牢屋に急に入られることになったということはなかろうか」

幹次郎が竹松に問い返すと、台所と店の仕切りの縄暖簾が揺れて、主の虎次が姿を見せた。

「それはねえよ、神守様」

「なぜそう言い切れるな、主どの」

「突然、牢屋敷に入るときには、牢屋敷の小者《こもの》がうちにこたびの牢入りは何日間だと知らせてくることになっているんだよ。うちでは預かっている金子から一分を小者に使い賃に渡すんだ、これが仕来たりだ。だからさ、それならそれで必ず連絡が来るはずだ」

と虎次親方が言い切った。

「左吉どのは珍しく慌てていたと言いなされたな」

幹次郎は虎次に訊いた。

「いえね、そんとき、わっしは会ってないんだ。あとで竹松に聞いて知っただけでね、なぜ竹松の使いではだめなのかとおかしいなとは思ったね」

虎次が答え、幹次郎が竹松に視線を向けた。

「おれ、それ以上のことは知らないよ」

と竹松がひらひらと手を振った。

「竹松、おめえ、あんとき、左吉さんのあとを追いかけていかなかったか。おれが奥から出てきたとき、おめえは箒《ほうき》を持って表通りから帰ってきたな」

と虎次が尋ねた。

「あれ、親方、見ていたの。そうだ、思い出した。おれは表通りまで左吉さんを追いかけてよ、神守様に言伝《ことづて》を頼んだんだ」

「言伝だと」

「親方、だから来春のことを忘れないでね、と頼もうと思ったんだよ」

「左吉さんと話したのか」

「それがさ、左吉さんは駕籠に乗り込むところでよ。おれの目の前でいきなり浅草御門のほうへ走り出していってよ、言伝を頼めなかったんだよ」

「吉原まで駕籠で突っ走るほどの急用だったのかねえ」

と虎次が首を捻った。

「左吉さんが急がせたんだよ、きっと。すごい勢いで走り去ったもの、声をかけるどころじゃなかったよ」

「おめえが知っている辻駕籠か」

と親方が訊き、竹松が、

「う、うーん」

と顔を横に振った。が、なにごとか気づいたか、思案する様子があった。

「どうした、竹松」

「おれが駕籠を見送っているとね、着流しの男がふたり、駕籠のあとを走っていったんだ。そのふたり、左吉さんの知り合いではないと思うけどさ、駕籠が走り去り、男がふたり間《ま》を置かずに追いかけていったんだよ。親方に問われて、そんときのふたりの険しい顔つきを思い出したんだ」

幹次郎はしばし考えたあと、

「ひょっとしたら駕籠屋も着流しのふたりも仲間ではないか。昨日左吉どのはどこぞから尾けられていたのだ。あれだけ慎重な左吉どのだが日中のことゆえ、つい油断したのであろう。左吉どのは嵌められたのではなかろうか」

「なんですって、身代わりの左吉さんが嵌められたですと」

と虎次が叫んだ。

「そうとしか考えられぬ。吉原に駕籠で向かったのなら半刻もせぬうちに大門前に到着しておろう。それが一日も経っておる」

「だれがそんなことを」

「夜嵐の参次こと元旗本の次男坊、町野参次郎であろうな。それがし、これより麹町裏平川町の町野屋敷を訪ねてみる、無駄だとは思うがな。竹松、吉原会所にこのことを知らせてくれぬか」

「合点だ」

と急に竹松が張り切った。それを見た虎次が注意した。

「竹松、昼見世なんぞをよだれ垂らして見てんじゃないぞ、用事が済んだらすぐに馬喰町に戻ってくるんだ。分かったか」

いた。

竹松の声がしたときには、もうその姿は表通りに向かって韋駄天走《いだてんばし》りに駆けていた。

「あいよ」

麹町四丁目の南側に山元町《やまもとちょう》が、そのさらに隣に平川町一丁目から三丁目が広がっていた。東から西に長く延びる山元町と平川町はともに町屋だった。一方でその南側には明地を兼《か》ねて設けられた馬場があって武家地が始まり、御天守番頭三百七十石高の町野家の拝領屋敷もこの一角にあった。

幹次郎はあちらこちらに尋ね歩いて、教えられた町野家の門前に来て、驚いた。昼間というのに両開きの門はしっかりと閉じられていた。いや、日中とて武家屋敷の門が閉じられているのは珍しいことではない。だが、町野家には人の気配がなかった。

教えられた町野家は間違いであったか、あるいは町野家は府内のどこかに屋敷替えになったか。

幹次郎は先ほど町野家のことを教えてくれた武家屋敷に戻り、老門番に町野家は隣で間違いないかと問い直した。

「間違いございません」

老門番がにこりともせずに狡猾《こうかつ》そうな両目で幹次郎を睨んだ。

「敷地の中に人の気配がないように思えるがどうしたことであろう」

「しかるべき事情がございましてな、人の気配がしないのですよ」

と門番が応じた。幹次郎が戻ってくることを推測していた節がいかにもこずるそうな顔に見えた。そうか、ものを尋ねるには尋ねる手順があるというのか。

幹次郎は財布を出すと、二朱を老門番が見ている前で懐紙に包み、

「門番どの、些少《さしょう》じゃが口利き料にござる」

と襟元に素早く押し込んだ。

抗いもせずに二朱を受け取った老門番が、

「町野家はお取り潰しに遭うて一族はばらばらになり、奉公人は解雇されたのですよ」

「いつのことにございますな」

「半年、いや一年前になりますかな」

幾分応対が丁寧になった。二朱の効き目だろう。

「お取り潰しの曰くをご存じか」

老門番が頷き、

「二年以上も前に主の町野欽五郎様が中気にかかられて家督《かとく》を嫡男《ちゃくなん》の真一郎《しんいちろう》様に譲られた。それはそれで格別なことではございません。しかし、三百七十石の家禄《かろく》と御天守番頭の職を欽五郎様から継がれた真一郎様が遊ぶ金に困って、御城に保管してある武具を修理と称して外に持ち出され、その一部を売り払って金に換えられた悪事が城中で露見致したのは家督と職を継いですぐのことでした。そんなわけで町野家はお取り潰しになり、ただ今屋敷は無住というわけです」

「なんとのう」

と思わず応じた幹次郎は、

「真一郎どのは切腹にござるか」

「いやそれがですな、事が露見することを察した真一郎様は城中から屋敷に戻ると旅仕度をして、尻に帆《ほ》をかけてどこぞに逐電したんですよ。ために町野家は即刻お取り潰しという厳しい沙汰が下った。他にやりようはあったんですがね」

「なんということじゃ。次男坊の参次郎も名うての悪《わる》であったそうだが、長男も不届きな人物にござったか」

「そなた様は、参次郎さんのことを承知でしたか」

意外という顔で、老門番が幹次郎に問い返した。

「いささか曰くがあって、夜嵐の参次こと参次郎のことを調べておるのだ」

夜嵐の参次ねえ、とただ今の参次郎の呼び名を承知か、そう呟いた門番が、

「参次郎さんは十年近く前に町野の屋敷を出られましたよ。なんでも遠国長崎に逗留《とうりゅう》しており、異人らと付き合いがあるとかないとか、風の噂に聞きましたがな」

「ほう、この界隈にそのような噂が流れておったか」

「わしが聞いたのは、お取り潰し前の町野家の門番からでしてな、門番の嘉作《かさく》さんは屋敷を出た参次郎さんと真一郎様の間では親父様に内緒で互いに連絡を取り合っているとか、そんな話をしてくれましたので」

「屋敷を出た弟と屋敷に残った兄は、連絡を取り合っていたと申されるか」

「双子の兄弟というのは並みの兄弟より血が濃いのかね、互いに文のやり取りをしていたそうな」

「真一郎どのと参次郎は双子の兄弟でしたか」

「この界隈では有名な双子の兄弟でございましたよ、おまえ様はそれもご存じないので」

「それにしても勘当した次男と嫡子の付き合いに親父様は気づかれなかったので

あろうか」

「そりゃ気づかないよ、参次郎さんからの文は屋敷に届くことはなかった。麹町の飛脚屋気付《ひきやくやきつけ》でやり取りしていたということだからね」

幹次郎は門番から聞かされた事実を急ぎ頭の中で整理し、さらに問うた。

「門番どの、真一郎どのはどのような人物であったな」

「真一郎様も参次郎さんもこの界隈では名うての悪兄弟でしてな、幼い折りから互いに助け合って悪さを繰り返していましたよ」

「すると悪事が露見して身に危険が迫った真一郎どのが、すでに屋敷を出ていた弟の参次郎に頼ったとしても不思議はないか」

「それしか真一郎様が生きていける術はなかったかもしれませんな」

門番が大きく頷いた。

「双子のふたりだ、容貌《ようぼう》体つきは似ておろうな」

「幼いころから見てきたわしらも、どちらが真一郎様でどちらが参次郎さんか見分けがつかぬくらいじゃからな。なぜ誕生した折りに参次郎さんを密かに他家に養子に出さなかったのかと、風聞が流れたこともあったよ」

「門番どの、近ごろどちらかをこの界隈で見かけたということはあるまいな」

「わしは見ておらぬ」

「わしは、と申されたが、だれぞが見かけたということか」

「三軒家《さんげんや》の御書院番石丸《ごしょいんばんいしまる》家の門番の加造《かぞう》さんが表通りで見たとか見ないとか、そんなことを小耳に挟んだな。真の話かどうか知らぬが、石丸家の門番に当たることじゃな」

二朱の効能は絶大で、老門番が石丸家の屋敷の方向を指して幹次郎に教えてくれた。

石丸家は馬場の東側にあった。門番の加造に会いたいと門前にいたお仕着せ半《はん》纏《てん》の男に尋ねると、

「加造はわしじゃが」

と幹次郎を見返した。

「加造どの、お取り潰しに遭った町野家のことについて知りたくてな、かように参った。そなたのことを聞いたのは町野家の西隣の屋敷の門番どのからでござる」

「なに、文吉《ぶんきち》の父つぁんが喋ったか。おまえ様はどこの人だね」

「吉原会所の者にござる」

「ほう、吉原会所はおまえ様のような侍まで雇うておるのか」

「遊里には遊里で、あれこれ諍《いさか》いがござってな。それがしのような者にもなんとか働き口があるのだ」

幹次郎は、道々用意してきた二朱を包んだ紙包みを加造の手にも握らせた。

「なにが知りたいので」

加造の態度も微妙に変わった。

「そなたは最近町野の双子のどちらかを見かけたそうな」

「父つぁん、そんなことまで喋ったか。仕方ねえな、町野の双子は生まれついての悪だ。あいつらに目をつけられるとひどい目に遭うんだぜ。昔馴染のわしらだって見境なしだ」

と加造は首を竦めた。

「どちらを見かけられたたな」

「さあて真一郎様か参次郎さんか、ちらりと麴町の辻で見かけただけで区別はつかなかったたな。だが、あの目つきは双子の片割れに間違いない」

と加造が言い切った。

「その者は侍の形であったか、それとも着流しであったか」

「むろん町人髷で着流しでしたよ。真一郎様だって武家姿でこの界隈を歩けますまい。御城の道具を叩き売って遊ぶ金にしたんですから目付《めつけ》に知られたら厄介でしょうが」

「遊ぶ金子と申したが真一郎の遊びは、女か博奕か」

「そりゃ、両方ですよ。だが、酒はふたりしてからっきしでね」

「真一郎の剣術はどれほどのものか」

「人はどこかに取り柄があるものですな。真一郎様、剣術の腕はなかなかのものでしてね、柳生新陰流のあの技量は御天守番頭では勿体ないと言われる腕前じゃそうな。賭場の用心棒くらいは務まりますよ。だが、江戸府内ではその腕も使い道がない。旗本を監察する目付の眼が光っておりますからな」

　と加造が言った。

　幹次郎は馬場で稽古をする武士を相手に暖簾を掲げた茶店を見つけて、

「許せ」

　と冬の日差しが差し込む縁台に刀を外して置くと腰を下ろした。

　茶と串団子をもらった幹次郎は馬場で調練する人馬の動きに視線を預けながら

考えを纏めた。

自らの不始末で屋敷を飛び出すことになった町野真一郎が長崎にいる弟の参次郎に助けを求めたとしても不思議ではない。

真一郎は目付に追われる身だ。だから、しばしほとぼりを冷ます間、江戸を離れたことは十分考えられた。

屋敷を出奔した真一郎はまず長崎に向かった、これが前提だ。そこから考えを展開した。

長崎で息の合った双子兄弟が久しぶりに再会したとしたら、どのようなことが起こるのか。

「神守様」

と声がして冬だというのに額に汗をうっすらと搔いた番方の仙右衛門と若い衆の金次が茶店の前を通り過ぎようとした体で足を止め、幹次郎を見ていた。

「町野家の隣屋敷の門番に神守様が石丸様のお屋敷に向かったというので訪ねるところでした」

とここまで至った経緯を告げ、さらに問うた。

「なんぞ分かりましたかえ」

「われらが夜嵐の参次と思うていた人物はひょっとしたら、双子の兄の真一郎の可能性もある」

とこれまで知り得た事実をすべて事細かに仙右衛門に報告した。

「町野家がお取り潰しになっていたのも驚いたが、参次に双子の兄がいてふたりが組んで、こたびの一件を引き起こしていたとは、ますます糸がこんがらがった騒ぎですな」

「番方、それがし、若き日の加門麻どのに惚れた参次が久しぶりに江戸に戻ってきて、嫉妬の余りに悪戯を仕掛けたということはもう信じられぬ。一連の騒ぎの背後にはなにやらまだわれらが知らぬことが隠されておるようだ」

「長崎から双子の悪が戻ってきたには格別の理由があると申されますか」

「とは思いませぬか」

沈黙の裡《うち》に思案した仙右衛門が、

「大いにそうかもしれません」

と答えた。

「番方、加門麻どのの動静を長崎の参次に折々伝えていたのは、間違いなく双子の兄の真一郎にございましょうな。だから、江戸に戻った参次は、迷いなく吉原の薄墨太夫の前に姿を現わしている。またこの行動のきっかけのひとつが薄墨太夫への恋慕であったこともたしかでしょう。だが、決してそれだけのことではなさそうだ」

幹次郎の推量に小さく頷いた仙右衛門はふたたび沈思《ちんし》した。そして、言い出した。

「左吉さんは双子の兄弟の背後にあるなにかに気づいたゆえ、急ぎ神守様と会おうとした。その動きを阻止《そし》せんと相手が動いた、白昼の江戸のど真ん中でね。それだけ急を要す、大事なことだと思われる」

「もっと大きななにかが真一郎と参次兄弟の動きの背後に隠されておる。さあて、左吉さんはどこでなにを察知なされたか」

「神守様、左吉さんはすでに殺《あや》められているということはございますまいな」

「身代わりの左吉さんのことです。必ずや身の安全を守る策を一つふたつ立てておいでと思います。敵方の手に落ちてもなんとか生き延びる工夫をなさるはずです」

「そう祈るばかりです」

仙右衛門の声が空しく幹次郎に聞こえた。

第五章　左吉危うし

一

　幹次郎と仙右衛門のふたりは、馬喰町の表通りから吉原まで道を変えて何度となく往復し、身代わりの左吉を乗せた駕籠を目撃した情報はないか、訊き込みを行なった。

　真っ先に考えられる道筋は、馬喰町から浅草御門、浅草橋に出て神田川《かんだがわ》を渡り、浅草御蔵前通りをひたすら北に取り、今戸橋で土手八丁に折れて見返り柳の辻で衣紋坂に出るものだ。

　だが、竹松が見送った辻駕籠が最後に見られたのは、旅人宿《りょじんやど》が軒を連ねる馬喰町四丁目だった。公事宿《くじやど》の陸前屋《りくぜんや》の男衆が、勢いよく走る辻駕籠のあとに懐手をした着流しのふたりが従う姿を見ており、これが唯一最後の目撃だった。危うく跳ね飛ばされそうになった男衆は軒下に身を避けて、

「なんて乱暴な駕籠屋だ」

と思いながら見送ったという。

この界隈では見かけられない辻駕籠であり、駕籠屋だったとか。着流しのふたりも身のこなしが、はしっこそうな感じだったと証言した。

だが、浅草橋を越えて以後、走る辻駕籠を見た者がいなかった。

となると辻駕籠は表通りを避けて御蔵前通りの西側の町屋、武家地、寺町が混在する一帯を抜けたかと訊き込みに回ったが、そのような駕籠を見かけた者はいなかった。

そこでふたりは浅草橋に立ち戻り、駕籠は橋を渡ってすぐに大川へと折れて船宿が並ぶ柳橋《やなぎばし》界隈に向かったのではないかと船宿などを訪ね歩いた。

ところが左吉を乗せた駕籠が吉原に向かった刻限が日中ということもあり、船宿や料理茶屋の並ぶ界隈は人の往来も少なく、そのような駕籠を見た者がだれひとりとしていなかった。さらに神田川両岸に待たせていた船に辻駕籠ごと乗せられたことはなかったか訊いて回ったが、だれも見た者はいなかった。

「辻駕籠め、どこに消えやがったか」

もうそこまで師走が迫っているというのに、額に汗を光らせた仙右衛門が忌々《いまいま》しそうに呟いた。

仙右衛門とお芳の祝言の日が迫っていた。

なんとしても身代わりの左吉を助け出し、町野真一郎と参次郎の双子の兄弟を捕えて、事の真相を問い質したいと焦れば焦るほど、左吉を乗せた辻駕籠は、時のかなたへと姿をすっぽりと溶け込ませて消えた。

むろん左吉の行方を追っているのはふたりだけではなかった。吉原会所を挙げて探索に乗り出していた。会所がこれまで関わりを持った御用聞きにはすべて連絡《つなぎ》を取って、有力な情報を会所にもたらした者に、

「報奨金」

を約していた。身代わりの左吉はこれまで吉原会所にいくたびも助勢してくれたのだ。会所の仲間と言っても過言ではなかった。

一方、薄墨太夫の身辺には警固の者を新たに配していた。幹次郎の案で津島傳兵衛道場に願い、門弟を交替で吉原の大楼三浦屋に男衆として入れたのだ。

ともあれ昼夜を問わず薄墨太夫は大勢の人々によって見張られていた。ためか、

町野の双子の兄弟が吉原に姿を見せる様子はなかった。

幹次郎も仙右衛門も左吉の行方を自ら突き止める強い決意で柳橋界隈を訊き回ったが、この日も成果はなかった。

身代わりの左吉が行方を絶って四日目になり、明日からは師走と暦が変わろうとしていた。

「どうしたもので」

もはや手を尽くしたという体で仙右衛門が幹次郎を見た。

「左吉どのは酒に酔っていたわけではない。駕籠の行き先がおかしいと思えば転がり出る度胸と才覚くらい持ち合わせている御仁《ごじん》だ。どこを通ろうとそのような不思議な光景を目に留めていた人が一人ふたりいても不思議ではない」

「それがどう探してもいないので」

「番方、われらが見落としたなにかがあるゆえに左吉さんの元に辿りつけぬのだ。もう一度やり直そう」

「へえ、どこまで道を戻りますな」

「駕籠に乗った左吉さんがいちばん訝しいと思わないのは浅草御蔵前通りを走ることだ」

「わっしら、この数日、草履を何足も履き潰したほど御蔵前通りをうろつきましたぜ。札差の男衆は、だれもがわっしらがなにを探しているか承知だ。だが、駕籠を見た者はいない」

「いかにもさよう」

幹次郎は答えながら浅草橋北詰《きたづめ》から今戸橋に向かって歩き出した。

幾たびとなく繰り返してきた問答だった。詮無《せんな》いことと分かっていたが、自らを鼓舞《こぶ》するために言い合っているに過ぎなかった。

(なにを見落としたか、なにを見ていないのか)

幹次郎は浅草瓦町《かわらまち》から浅草天王町《てんのうちよう》に向かい、御米蔵八番堀と七番堀の横に流れ込む天王橋で立ち止まった。この流れ、向柳原《むこうやなぎわら》の三味線堀《しやみせんぼり》から流れ出て、大川に注いでいた。

この数日、何十度となく往来した橋だった。

「おや、まだ探し人は見つかりませんので」

札差の相模屋《さがみや》の手代が幹次郎らに声をかけてきた。

御蔵前の札差百九株と吉原会所は、密なる関係にあった。

札差組合が田沼意次《おきつぐ》の息がかかった新興札差一派香取屋武七《かとりやたけしち》に乗っ取られよう

としたとき、吉原会所が動いてこれまで通りの札差の権益を守ったことがあった。ために札差連中も吉原会所を信頼し、どのような手助けもすると応じてくれた。だが、この大路に身代わりの左吉を乗せた駕籠が通った形跡がないのだ、どうにも打つ手がなかった。

「手代さん、こんどばかりはお手上げだ」

仙右衛門が答え、幹次郎は天王橋を渡ったところで流れに沿って西へと曲がった。むろんこの流れ沿いの道も何度となく訊き込みに回ったところだった。

「どちらに行かれますので」

仙右衛門が幹次郎に問い返し、分からぬと頭を振った幹次郎がそれでも、

「駕籠が突然消えたとしたら、道端から荷船に乗り込んだからではないか。となると三味線堀界隈かのう」

と答えていた。

その会話を相模屋の手代が聞いて、店へと戻っていった。

幹次郎は話柄を変えた。

「番方、長崎から江戸に舞い戻った兄弟が塒を求めるとしたら、どこであろうか。兄弟は麹町裏の武家屋敷育ちだ。そのふたりが馴染があるところといえば賭場か

岡場所《おかばしょ》であろう。御免色里の吉原ではない」

「潜り込む場所が岡場所なれば四宿《ししゅく》のどこかですね。だが、品川《しながわ》、内藤新宿《ないとうしんじゅく》、板橋《いたばし》、千住《せんじゅ》とどこも遠い。それでは府内で行動するにはいささか不便でございますな」

「辻駕籠が忽然《こつぜん》と消えたことと考え合わせると、水辺、船に関わりがある場所ではないか」

「となると大川両岸のこちら側は、武家屋敷や広小路や御米蔵など幕府の関わりのところが多くてまず不逞の輩が巣くうのは難しゅうございますよ。それでも吉原に近いところ、さらに水辺で足場《あしば》がよいところ、と考えると橋場町《はしばちょう》辺りでしようかな」

「橋場町となれば吉原のお膝元、必ずや会所の網にかからぬか」

「まず間違いございません」

「こちら側に塒を求めるのは無理だな。となれば残るは川向こうの横川《よこかわ》辺りか」

「あの界隈は船宿も多いですからな」

会話を続けながら両人は向柳原から三味線堀に向かっていた。

いつしか刻限は九つ半（午後一時）になろうとしていた。

ふたりは三味線堀からさらに道を辿って新堀川に出ていた。

新堀川はただ新堀とも呼ばれ、幅二間余の人工の水路だ。浅草寺の北、千束村《せんぞくむら》、竜泉寺村《りゅうせんじ》、坂本村《さかもと》などの悪水落《あくすいお》としを水源とする流れで、吉原の鉄漿溝の一部も流れ込んでいた。

坂本村辺りから海禅寺《かいぜんじ》北裏を東に流れて向きを南に変え、一直線に浅草本願寺《ほんがんじ》西側、浅草福富町《ふくとみちょう》一丁目の東側で少しばかり東に折れたのち、御蔵前片町《かたまち》西裏をさらに南へ流れ、三味線堀に合流する。

幹次郎と仙右衛門は新堀川沿いに浅草阿部川町《あべかわちょう》に差しかかり、足を止めた。対岸に竜宝寺《りゅうほうじ》の山門《さんもん》が見え、右に心月院《しんげついん》、左は寺町の門前町が少しばかり広がっていた。

小僧が箒を手に所在なさそうに対岸のふたりを見ていた。格別に用事があってのことではなさそうだったが、幹次郎は小僧の目つきにひっかかりを覚えていた。こちらの身分を値踏みするような目だった。

阿吽の呼吸でふたりは新堀川に架かる土橋を渡り、小僧に歩み寄った。

「小僧さん、精が出るな」

仙右衛門が話のきっかけを作ろうと話しかけた。

「精なんか出していませんから、和尚《おしょう》が出かけていないから、外を見ていただけです。おふたりさん、よく姿を見かけますね。寺町になんの用事です。琢巌《たくがん》さんは空《あ》き巣《す》か墓場荒らしだと言うんですけどね」

「空き巣か墓場荒らしな」

「この界隈は寺町です、内証《ないしょう》の豊かなところはありませんよ」
十三、四歳の小僧が恐れもなくずけずけと言った。
ふっふっふ
と仙右衛門が笑った。

「わっしらは吉原会所の者だよ、小僧さん」

「吉原って花魁のいる吉原ですか」

「吉原といえばそこしかあるまい」

「吉原に浪人さんもいるんですか」

「神守様は吉原会所の裏同心を務めておられる。おれは番方の仙右衛門だ」

それでも小僧がふたりを訝しそうな目つきで見た。

この日、仙右衛門が着ていた半纏は裏に返され、会所の名が見えなかった。廓の外に出るとき、麗々《れいれい》しく吉原の看板を背負って歩くのは都合のよいことより悪いことのほうが多かった。そこでかような探索には裏に返して着る習慣があった。

仙右衛門が襟を返して小僧に見せた。

「ああ、ほんとうに吉原の男衆なんだ」

「小僧さんに嘘を言ってどうする」

と答えた仙右衛門が、

「寺に勤める身では吉原には関わりがないな」

「いえ、和尚さんだって宗匠頭巾《そうしようずきん》を被って出かけられるときは吉原だって琢巌さんが言っていましたよ」

「まあ、色事は信心とは別物だ。小僧さんも関心があるかえ」

ごくり
と小僧が大きな音を響かせて生唾《なまつば》を呑み込んだ。

「ところで小僧さん、わっしらが探しているのは三日前の昼日中、吉原に向かって走っていった一丁の辻駕籠だ。後ろから着流しの男がふたり従っていたかもしれない」

「見たとしたらどうなるのです」

小僧は問い返した。

「吉原を見物したいのならこの仙右衛門が案内しようじゃないか。だが、それが小僧さんの修行の邪魔になるというのなら、無理にとは言わねえ」

「煩悩《ぼんのう》はどんなに修行しても消えないそうですよ」

「琢厳さんがそう言ったか」

小僧が頷いた。

「番方、いくらなんでも小僧さんを吉原に入れるのは宜しくなかろう」

と幹次郎が口を挟んだ。

「いえ、お侍さん、私はほんものの花魁を間近からちょっとだけ見たいだけなんです」

「ほんものの花魁を間近で見たいか。よし、約束しよう。おまえさんがわっしらが探している辻駕籠を真に見たというのなら、仙右衛門が必ず太夫に会わせよう」

「太夫って吉原でいちばん綺麗な女郎さんですよね」

「天下の太夫だ」

「嘘じゃないよね」

「嘘じゃない。だから、辻駕籠を見たんなら見たと話してくんな。花魁会いたさに作り話はいけねえよ」

「作り話なんてしませんよ。あの日は、ほれ、あの山桃《やまもも》の枝に登ってなんとなく外を見ていたんです。山桃の木は、年中葉を茂らせていて鳥の隠れ場所なんです。だから、私もあそこに隠れていればだれも気づかないんです」

小僧が竜宝寺の築地塀《ついじべい》の中に鬱蒼《うっそう》と茂る山桃の大木を見上げた。

「あの日、朝から苫船《とまぶね》が堀に泊まっていたんですよ。最初汚《お》わい船かと思ったけどうちに来る汚わい船じゃないし、船頭も苫の下に隠れて姿を見せなかったんです」

「ほうほう」

仙右衛門が相槌《あいづち》を打った。

「えいほえいほと駕籠舁《か》きの声がした途端、苫の下から船頭がふたり這い出してきてさ、舫い綱を解いたんです。辻駕籠が急に停まったと思ったら、客が、乱暴じゃないか、もう吉原かって駕籠舁きに大声で尋ねたんです」

「ほうほう、それからどうした」

「駕籠舁きが肩から棒を外して苫船の船頭に渡し、駕籠舁きも手伝って苫船に入れようとしたんです。そしたら、客が急に暴れ出して駕籠の外に這い出て逃れようとしました。印伝《いんでん》の煙草入れを差した粋な男の人でした」

「身代わりの左吉どのだ」

と幹次郎が呟いた。

「それからどうしたな」

「逃げようとした男の人を船にいきなり飛び込んできた人が足蹴りにして、苫下に蹴り込んだんです。着流しで首に紅絹を一巻きして背に垂らしていました」

「夜嵐の参次」

幹次郎がさらに呟いた。

「続いてもうひとり、船に飛び乗ってきました。すると苫から紅絹の男が出てきて、ふたり目の男となにか言い合いました。驚いたことにそのふたりはそっくりだったんです。そんなことってありますか」

「町野真一郎と夜嵐の参次、ふたりは双子の兄弟だ」

幹次郎が小僧の問いに答えていた。

「苫船はどうしたえ」

仙右衛門が小僧に話の先を急がせた。

「船頭ふたりが棹と櫓を操り、南のほうに向かいました」

ふっ、と仙右衛門がようやく左吉の足取りを摑んで、安堵の息を小さく吐いた。

「小僧さん、苫船がどこに行ったか知るまいな」

と幹次郎が訊いた。

「知りません」

小僧が首を横に振り、

「それでもさ、私見たんです。船頭の古びた半纏に深川大新地《おおしんち》、五明楼《ごめいろう》ってありましたよ」

「でかしたぜ、小僧さん」

仙右衛門が褒めた。

「花魁を見せてくれますね」

「いいか、この一件が片づいたらおまえに使いを立てる。金次って若い衆だ。そいつが花魁の元に案内する、楽しみにしていな」

「吉原には大門があるそうです、この恰好で入れるかな」

と小僧が小僧の形を気にした。

「小僧さん、名はなんだ」

「珍念《ちんねん》ですけど」

「おまえが花魁と会うのは吉原じゃねえ。浅草並木町の料理茶屋山口巴屋だ」

「だって花魁は廓の外には出られない籠の鳥なんですよ」

物知りの珍念が必死で抗弁した。

「いかにもさようだ、珍念さん。だがな、吉原の大楼三浦屋の薄墨太夫は楼主の信頼厚くてな、料理茶屋に時折り出て上客の旦那衆を相手に俳諧《はいかい》の集いなどを催されるのだ。おれの話が嘘と思うなら、この神守幹次郎様に訊くことだ、薄墨太夫と一緒に旦那衆の相手をなさるのは、神守様の女房汀女先生だからな」

珍念の視線が仙右衛門から幹次郎に移動してきた。

「小僧さん、番方が申されることに間違いない」

珍念がようやく得心したように頷いた。

「深川大新地にこれから参られるな」

と幹次郎が仙右衛門に念を押した。

「神守様、深川大新地の五明楼といえば、享保《きょうほう》十九年（一七三四）からの深川の妓楼の老舗にございましてね、千石船《せんごくぶね》の船頭衆に人気の妓楼でございますよ。この当代の万蔵《まんぞう》がなんとしても御免色里の向こうを張って、深川を幕府に認めさせたいとあれこれ画策していると聞いております。そんなことを考えますと、夜嵐の参次と町野真一郎の背後に控えているのはこの五明楼の万蔵に間違いございませんぜ」

と推測を述べ、

「身代わりの左吉さんの連れ込まれた先は間違いなく五明楼に関わりがあるところですよ」

と言い切った。

「この経緯を会所に知らせなくてよかろうか」

幹次郎の言葉に仙右衛門が小僧の珍念を見た。

「和尚が留守なんだな、半刻ほど使いに立てないか。駄賃は払う」

「吉原に行けばいいんですね」

さあっ、と珍念の顔が紅潮した。

「違う、さっき言った並木町の料理茶屋を訪ね、玉藻様か汀女先生を名指しで会い、どちらかにそなたが見聞したことをもう一度はっきりと話してくれねえか。さすればあとは玉藻様か汀女先生がやるべきことをしてくださる」

と言った仙右衛門が珍念に駄賃一朱を渡した。

「吉原でないのが残念だけどさ、山口巴屋を下調べしておくのも先々のためだよね」

と珍念が得心し、一朱を受け取ると、

「あとはこの珍念に任せておきなって」

と言うと箒を山門の中に投げ入れ、坂本村の方角へと走っていった。

二

元吉原が幕府の許しを得て、江戸城からさほど遠くない〝二丁町《にちょうまち》〟に誕生して以来、明暦《めいれき》三年（一六五七）の浅草移転で新吉原に代わっても、吉原は幕府が唯一許しを与えた、

「御免色里」

の金看板を大事に守り、ゆえにひとつの宿命も負わされていた。

江戸前期、浅草は府内の外れであった。

京の島原の伝統を引き継いだ吉原は、廓の造りから節季《せっき》などの仕来たりを重んじて、そこに張りや粋と江戸風の要素を加味した。ために遊びにも手順があり、楼の格式が上がれば上がるほど遊女と床を一緒にするためには、仕来たりを踏ま

ねば遊びも知らぬ、

「野暮な客」

として蔑《さげす》まれた。これはこれで一部の客に受け入れられ、吉原での規範ができた。そのひとつの例が、

三会目　箸一膳の　主になり

と川柳に描かれた手順だろう。

客は引手茶屋を通して楼の座敷に上がらねばならなかった。またいくら分限者であろうと遊女と対面した夜に床入りすることはない。初めての客は、

「お初会」

の男衆の声で二階の引付座敷に通された。そこでは客が座布団に腰を下ろす頃合い、若い衆が盃台、硯《すずり》蓋を座敷の真ん中に据え、そこへ張見世で選んだ遊女が登場し、夫婦固めの引付の盃のやりとりを行う。

御免色里の男女の出会いはあくまで、

「夫婦」

となる儀式を模して行われるのだ。祝言の日の嫁のように遊女は婿（客）に対して黙したままに、ただ儀式に参列した幇間《ほうかん》、芸者が夫婦固めの場をもりたててお開きになる。この際、客は遊女に対して馴染になる意思を伝えるために散財して、顔合わせを終える。

男が次に遊女を指名して登楼することを、

「裏を返す」

と称し、さらに三度目に遊女のもとに通う誠意を重ねて、ようやく、

「馴染」

となる。むろんここまでに至る過程で客は馴染金を楼に十分に支払わされる。

この馴染金には、

「二階花と惣花《そうばな》」

のふたつがあり、二階花は遊女、禿、遣手と、

「嫁」

の従者たる女衆に出す祝儀であり、惣花は妓楼の男衆全員、客が顔を合わせることもない奉公人に出さねばならない祝い金であった。

この三会目の儀式を終えてやっと遊女は客に打ち解ける仕草を見せる。

その象徴が客専用の蝶足膳《ちようあしぜん》と象牙の箸を楼側が用意する仕来たりだ。夫婦になった証しに宴をなして、客は遊女と床入りに向かい、遊女は帯を解く。

御免色里の男女はことほどさように夫婦を模された。廓の中ではあくまで客が亭主として体面を保つために楼があらゆる奉仕を行った。また遊女は嫁となったが、あくまで、

「御免色里」

という世界のみに存在する、

「女」

であり、客に一夜の幻想を抱かせるために秘術を尽くした。

客人は　乙の座につく　おもしろさ
吉原に通う飄客は、この手順と仕来たりを楽しんだ。だが、吉原の上客は引手茶屋を通してからしか楼に上がれない仕組みをはじめとして遊女の、

「主」

になるためには莫大《ばくだい》な遊興費を払わねばならなかった。

この吉原の遊びの仕来たりなど、

「まどろっこしくて馬鹿馬鹿しい」

と考える客がいても不思議ではなかった。そこで四宿をはじめ、すべてに手軽な岡場所が吉原の出現と一緒に登場する。品川、内藤新宿、板橋、千住の四宿には、

「飯盛女《めしもり》」

などの女が置かれた。これも幕府が黙認した私娼制度であった。だが、この四宿とて歴史が下るにつれてそれなりの、

「格式と仕来たり」

ができた。

官許の遊里吉原の競争相手は当初、この四宿であったが、吉原と四宿が互いに客層を棲み分けるようになり、さらに安直な遊び場所が誕生してきた。

時代とともに安直な岡場所はあちらこちらと移り変わったが、大川の右岸つまり御城側では、三田三角《みたさんかく》、根津《ねづ》、音羽町《おとわちよう》、谷中《やなか》、赤坂田町《あかさかたまち》、浅草堂前、麻布市《いち》兵衛町《べえちよう》、麻布藪下《やぶした》、鮫ヶ橋《さめがばし》などきりがない。

だが、吉原四宿以外の岡場所で常に繁盛したのは江戸内海に面した深川一帯で

あった。こちらには大新地、櫓下、仲町《なかちょう》、佃町《つくだちょう》、御船蔵前町《おふなぐらまえちょう》、常盤町《ときわちょう》、本所《ほんじょ》に移れば、松井町《まついちょう》、弁天《べんてん》、入江町《いりえちょう》とあった。

大川左岸から越中島《えっちゅうじま》、佃島には千石船が停泊し、板子《いたこ》一枚下は地獄の暮らしゆえに陸《おか》に上がったときは、ぱあっと散財する気風のいい船頭、水夫《かこ》が集う船問屋が軒を連ねていた。

これら幕府お目こぼしの岡場所との抗争《こうそう》の歴史が吉原の御免色里の体面を保ってきたのだ。

深川大新地は越中島に突き出た立地にあった。

創業は享保十九年（一七三四）であり、天保《てんぽう》九年（一八三八）に取り払いになるまで百年以上も盛業した。この大新地を支えたのが五明楼、大栄楼《おおさかえろう》、百歩楼《ひやっぽろう》、大椿楼《だいちんろう》であり、中でも五明楼は三階建てのなかなかの大楼であった。

幹次郎らも深川大新地に着いたあと、楼のことは同業に訊けとばかりに仙右衛門が懇意にしている百歩楼を訪ね、男衆にあれこれ訊いたところだった。だが、百歩楼の男衆は怯《おび》えたように、

「吉原の、五明楼のことは勘弁《かんべん》してくんな。うちの商いが立ちいかなくなる」

と応じるばかりで話が聞けなかった。

深川大新地に夕暮れが訪れていた。

江戸の内海に突き出たように建てられた五明楼の入り口は、両側を他の楼の建物に挟まれて、表戸へと幅二間半（約四・五メートル）の引き込み道がうねうねと延びていた。この引き込みの入り口にまるで吉原の大門を模したような冠木門《かぶきもん》があって紅《べに》提灯がぶら下がり、赤い灯りを放って遊客を誘っていた。

「中を覗いてみたいが、わっしと神守様の面《つら》は同業には知られ過ぎておりましょう。この引き込み道を入るときは覚悟が要りますな」

と呟いた仙右衛門が、

「だが、海からなら文句は言われめえ」

と幹次郎を大川河口から深川へと入り込む堀に案内した。

そこにはふたりが御厩河岸《おんまやがし》ノ渡《わた》し場から乗ってきた猪牙舟が待ち受けていた。

「兄い、海側に回ってくれめえか」

と仙右衛門が願うと、

「五明楼の裏手に回り込めばいいんだね、番方」

と船中の話の様子からこちらの身分を察した若い船頭が言った。

「ああ、そういうことだ」

と応じた番方が、

「兄いは大新地で遊ぶことはあるかえ」

と反対に問い返した。

「吉原会所のお歴々の前で言いにくいが、男って奴は安直に女を抱きたいときもあらあ。そんなとき、大川河口に舟を着けることもありますぜ」

「どんな具合だ」

と番方がさらに尋ねた。

船頭は二十三、四か。手際よく猪牙舟を堀に戻し、舳先を大川河口へと向け直した。櫓に替えた船頭が、

「深川の岡場所も馬鹿にできないぜ、番方。吉原と同じくらいと言いたいが、中には吉原以上に派手な造りの楼もあってさ、座敷には客の心をくすぐる遊びがあれこれと用意されている。それでいて、遊び代は吉原の中見世の半分も出せばじゅうぶんだ。女郎もこのご時世だ、若い娘がいくらでも在所から売られてくる。そんな娘に磨《みが》きをかけて座敷に出すから、吉原より若い女が多いや」

「ふーむ」

仙右衛門が鼻で返事をした。

その返答の中に吉原の難儀《なんぎ》な立場があった。

官許の遊廓ゆえ堂々とした商いはできた。だが、町奉行所の監督下にあってあれこれと都合の悪いこともあった、吉原の面番所の同心に見て見ぬふりをさせるための費えもそれなりにかかった。これに対して四宿を含む岡場所はお上のお目こぼしの商いゆえに客を集められるときが稼ぎどきとばかりにあれこれと工夫して遊客を喜ばせた。なによりすべて銭金で片がつく安直さを客が好んだ。

吉原は一夜千両とか、いや、三千両の稼ぎ場と言われていたが、吉原以外の岡場所の上がりはだれも知らなかった。だが、吉原の何倍にも上ると予測された。

お目こぼしの岡場所はいつの時代も吉原を脅かす存在だった。

猪牙舟は深川中島町《なかじまちょう》と越中島町とを結ぶ武家方一手橋《ぶけがたいってばし》を潜った。

猪牙舟の前方に日没の大川河口が見えてきて、大川から流れ込む水勢と海の波がぶつかって作り出す三角波が黄金色《こがねいろ》に光って立っていた。

猪牙舟は松平家中屋敷に沿ってゆっくりと海側へと回ろうとした。すると大川の上流から凄い勢いで下ってきた二艘の舟から声がかかった。

「番方、神守様」

振り返れば小頭の長吉や若い衆が一艘に乗り込み、もう一艘には七代目の四郎兵衛自らが同乗して、なんと浮世小路の百兵衛親分がその傍らにでーんと座って、煙管を口に銜えていた。

なんとも素早い出陣だった。

それにしても三浦屋の禿の小花が勾引された騒ぎで世話になったばかりのおとぼけの親分がなぜ四郎兵衛らに同行しているのか。

ともあれ竜宝寺の小僧珍念が素早く立ち回ってくれたなと考えながらも仙右衛門が、

「親分、備後屋の一件では世話になりました」

と礼を百兵衛に述べた。

「番方、なんのことがあるものか。それより会所から過分なお礼を頂戴して恐縮していますよ」

と煙管を口から外したおとぼけの親分が答えたものだ。

ふたりが乗る舟と四郎兵衛が乗る舟が船縁《ふなべり》を合わせて、海側へと回り込んだ。

すると海に向かって深川大新地の楼群が灯りを点した大壁のように聳《そび》えて、海上にぽっかりと浮かぶ不夜城さながらに江戸沖に碇《いかり》を下ろした千石船の男衆の遊び心を派手にくすぐっていた。

「ふうっ」

と四郎兵衛も溜め息を吐いた。いくら吉原が、

「御免色里」

の金看板を背負っていようと、浅草裏に鉄漿溝と高塀に囲まれた二万七百六十余坪に閉じ込められているのだ。吉原の中から見える景色は精々浅草田圃くらいのものだ。

この深川大新地の楼から見える江戸内海の広々とした景色に敵うはずもない。

四郎兵衛の溜め息はそのことを如実《にょじつ》に物語っていた。

「番方、五明楼のことはなにか分かりましたか」

四郎兵衛が気分を変えるように問うた。

「いいえ、わっしら、百歩楼の男衆に会ったんですがね、なぜか怯えた表情でなにも口を開きませんので。そんなわけで本式な調べは日が落ちてからにして、海側から五明楼を覗いてみようと考えたところなんでございますよ。それにしても七代目方の動きがあまりにも早いんでいささか驚かされておるところですよ」

仙右衛門が正直に答えた。

「ついさっき、浮世小路の親分さんから連絡をもらい、浅草並木町の山口巴屋で落ち合うことにしましたのさ。親分さんは会所の回状に答えて、使いをくださったんですよ。親分さんに玉藻のところでお話を聞かしてもらっておる鼻先にさ、竜宝寺の小僧さんが飛び込んできたってわけですよ」

四郎兵衛が素早い動きの経緯を説明した。

「そうでございましたか」

ようやく得心した仙右衛門の視線がおとぼけの百兵衛に向けられた。その眼差しには深川大新地の五明楼がらみの話を承知ならば、なぜ備後屋の騒ぎの折りに話してくれなかったのかという恨みがましさが込められていた。

「番方、そう睨みなさんな。深川の岡場所がなにをやっているかなんて、こちらは最近まで知りもしなかったんだよ。たまさかうちの奴のひとりが肥前《ひぜん》長崎の出でね、長崎から江戸に往来する船の話をしてくれた。またたれかが大新地の五明楼の商いを喋ったのも小耳に挟んだ。そんなこんなを扱《こ》き混ぜて、ちょいと調べてみねえと手先に命じたのが二日も前のことだ。その手先というのが、この季助《きすけ》ですよ」

と傍らに控える若い衆を煙管で指した。

「季助でございます」

と手先の若い衆がきびきびとした口調でふたりに応じた。

小頭の長吉らを乗せた猪牙舟は二艘から離れて五明楼の建物近くを海辺新田《うみべしんでん》の方角に進んでいく。

「季助さん、ご苦労にございます」

と番方が労《ねぎら》い、

「五明楼に怪しい動きがございますので」

番方、まず肥前長崎の話をさせてくださいと季助が前置きした。

「長崎にも幕府開闢《かいびゃく》以前からの遊廓丸山《まるやま》がございます。最近、寄合町《よりあいまち》で見世開きした南蛮楼《なんばんろう》の生駒屋荘左衛門《いこまやそうざえもん》さんが派手な商いで、このところの丸山一の稼ぎ頭にございましてな、この生駒の旦那が唐人屋敷と組んであれこれと新規の商いに手を広げておりますので」

「丸山遊廓に話が飛びましたかえ」

仙右衛門は話の矛先が遠国長崎に飛んだので首を捻った。

「生駒の旦那の出は、肥前福江島《ふくえじま》と言う者もおりますが、唐人と福江島の遊女との間に生まれた荘経国《しょうけいこく》が本名とも言われております。ですが、だれも真偽は知りません。ともかく生駒の旦那には唐人屋敷の出した大金があったればこそ、南蛮楼の派手な商いもできたという噂もございましてな、なんとも正体の知れない御仁でございますよ。この生駒屋が江戸の遊里に触手《しよくしゆ》を伸ばして、大新地の五明楼の旦那、万蔵と手を結んだのが一年も前のことだそうです」

「江戸と長崎が手を組んだって、驚き桃の木山椒《さんしよ》の木だ」

「その証しのひとつが五明楼の女郎ですよ。遊女の多くが船で長崎から運ばれてきております」

「大新地の遊女は長崎娘ですかえ」

「丸山遊廓の遊女は一番手が和人の客を相手し、二番手が唐人、残りが阿蘭陀《オランダ》人相手と決まっております。生駒屋の旦那はそんな区別をなくしましてね、相手がだれであれ稼ぎのいいのがいい遊女といって遊女同士を競い合わせたのでございますよ。南蛮楼に勢いがついた。だが、稼ぎもいいが厳しいというので、足抜する遊女もいる。そいつを見張っているのが夜嵐の参次って南蛮鉄砲遣いじゃそうな」

「ほう、参次の名がこんなところに出てきましたかえ。季助さん、この参次には町野真一郎って双子の兄がいるんですがね、承知ではございませんか」

「さすがに吉原会所、早耳ですな。悪《やつら》兄弟が南蛮楼の用心棒の頭分ですよ。わっしも五明楼でちらりと見かけたが、油断のならない目つきでしてね、武家くずれというが闇夜なんぞで出会いたくねえ兄弟ですぜ」

と季助が説明した。

「季助、よう承知だな」

「へえ、親分がいつも言われるように酒を呑むのも女を買うのも御用と思え、どんな話が転がっているかもしれないってご忠告をね、思い出しましてね。商いがてらに五明楼に二、三度上がりました。ために肥前訛《なま》りの女が多いのも、胡散臭い双子の用心棒が見世の裏にいるのも承知なんでございますよ」

「季助、二、三度か。馴染がおいねって女郎というんじゃねえのかえ」

「えっ、親分、そんなことまでご存じなんで」

「おれの異名はおとぼけだぜ。知って知らないふりをしてきた親心が分からないか」

「親分、それはねえや。おれが五明楼の話を竹《たけ》にくっ喋《ちゃべ》ったのを聞いて調べなすったね」

ふっふっふ、と笑った百兵衛が、

「おめえが通う五明楼のおいねの身許《みもと》をちょいと調べたのは、おめえがおいねという女を嫁にしたいなんぞと言い出したときの用心だったがな、まさかその矢先に吉原会所から回状が回ってきて、夜嵐の参次、町野真一郎って双子の兄弟に心当たりがないかという問い合わせだ、ぶっ魂消《たまげ》たぜ」

「女郎を抱くのも御用に通じるとは真にございますね」

と親分と手先が言い合った。

「親分どの、なぜ五明楼は吉原に触手を伸ばそうとしているのでござろうか」

と幹次郎がおとぼけの百兵衛に訊いた。

「季助、話しねえ」

「敵娼のおいねが床で喋った話で真偽は分かりませんや。ですが、おいねが言うには南蛮楼の生駒屋荘左衛門こと荘経国は、華のお江戸で商いがしたい、できることなれば官許の大楼を買い取って、そこの妓楼の主に収まるのが夢という男にございますそうな」

「それで五明楼を通じて、吉原に手を伸ばしていたか」

仙右衛門が呟いた。

「浮世小路の百兵衛親分と季助さんのお陰でおぼろげにこたびの騒ぎの絵図面が

浮かび上がってきましたな」

「どうなされますな」

と百兵衛が四郎兵衛に訊いた。

「深川大新地がお上のお目こぼしで商いを続けている以上、吉原会所も直に手が出せません。じゃが、汀女先生を私の代理として月番の南町奉行所にお取り締まりを願うております」

幹次郎は四郎兵衛の話に驚いた。

「神守様、押し詰まっておりましょう。だれの手でも借りたい会所にございます。この使いは汀女先生がうってつけとお願い申しました」

「姉様で用が足りようか」

「いえ、この役目、汀女先生でなくてはなりません。汀女先生の評判は江戸町奉行所に鳴り響いておりますからな」

と四郎兵衛が言い切った。

「私どもの役目は身代わりの左吉さんの身をなんとしても救い出すことです」

「七代目、まさかこの騒ぎに左吉が関わっているなんて考えもしなかったよ。まあ、七代目と面談する前に南町に使いを立て、およその事情を記した文を奉行所に届けてございます。長崎の関わりと五明楼のことはお上に任せて、わっしらは左吉の身柄を探しましょうか」

と百兵衛が言った。

「身代わりの左吉どのを親分はご存じでしたか」

「神守様、左吉を知らない御用聞きは駆け出しか潜《もぐ》りだね」

と答え、

「七代目、左吉があの灯りの下に捕われている証しはない。どうしなさるね」

と四郎兵衛に問うて、救出の手立ての話し合いが始まった。

三

気にかかる話を小頭の長吉が乗る猪牙舟が摑んで四郎兵衛にもたらしたのは、深川大新地の五明楼がいちばんの賑わいを見せる五つ過ぎの刻限だった。

幹次郎らは時が来るのを舟上で待ち受けていた。

吹きっさらしの海だ。

幹次郎らの体は冷え切り、一刻でも早く左吉救出に動きたいとだれもが考えていた矢先だった。

越中島沖の二艘の舟が寄り添うところに、すいっ、と長吉らの猪牙舟が戻ってきた。

「七代目、海辺新田の沖合に肥前長崎から来た船が碇を下ろしておりましたぜ。長崎から新たな娘を送り込んできた生駒屋荘左衛門こと荘経国の持ち船だそうですがね、和船とも唐人船ともつかない船のかたちだ」

「ほうほう、唐人船とも和船ともつかぬ船ね」

「帆が網代《あじろ》に編んだ帆じゃそうな。艫《とも》も弁才船《べざいせん》よりぐいっと高く反《そ》り上がっていまさあ」

「その船に身代わりの左吉さんが乗せられておる気配はあるか、小頭」

「明日にも出帆《しゅっぱん》して肥前に戻るそうな。その周りに泊まる千石船が教えてくれましたが、正直左吉さんが乗せられているかどうかまでは見当つきません。船頭らは遊びに出て下船しているようで、船には水夫が七、八人残っているだけということです」

長吉の報告に四郎兵衛はどうしたものかと一同を見た。

「七代目、五明楼と荘経国らは左吉を捕まえたはいいが、いささか持て余しているのではございませんかね。殺して、骸を始末したところで人の目が多い江戸では見つかる。あやつらもそのへんから五明楼と関わりがあるなどと、御用の筋に悟られたくはございますまい。となれば肥前長崎に戻る船に積み込み、人の目のない外海で始末するのが手っ取り早く、足もつかねえ。客が出入りする五明楼より唐人船に似た船に運び込んだというのはありそうな話と思いませんか」

浮世小路の親分、おとぼけの百兵衛が四郎兵衛に推し測って語った。

「わっしも船に左吉さんが乗せられているような気がします」

仙右衛門も百兵衛の考えに賛意を示し、

「船頭らがいない隙に一気に乗り込むか」

と四郎兵衛が決断した。

「夜嵐の参次と町野真一郎の兄弟は、船におりますかな。もしおるとしたら、厄介だ。われらが乗り込む気配を察したら秘密を摑んだ様子の左吉さんを始末することが考えられます。ここはまず少人数で船に乗り込み、船内の様子を探った上で、本隊が救出に加わるのがようございませぬか」

幹次郎が考えを述べた。

「たしかに大勢で乗り込めばこちらの気配も察せられるし、ために左吉さんの命が危うくなる。よし、ここは隠密行動で先乗りが忍び込みますか」

と四郎兵衛が幹次郎を見た。

「先に忍び込む役目、それがしと番方でようございますな」

「お願いできますか」

七代目は幹次郎が言い出したときからその気だったのだろう、即座に許しを与えた。

「船内で手に余るときは合図を送ります」

仙右衛門が言い、懐の匕首を確かめた。

幹次郎は和泉守藤原兼定一本を落とし差しにし、帯の間には小出刃を差し込んでいた。

ふたりは長吉らの舟に乗り移り、代わりに長吉らが御厩河岸ノ渡しで雇った猪牙舟へと移ってきた。

長吉らが乗っていた猪牙舟は、会所と関わりが深い今戸橋の船宿牡丹屋のものだ。船頭も老練な政吉父つぁんで捕物の現場には慣れていた。

「父つぁん、頼む」

と番方が言い、それまで幹次郎らが乗っていた猪牙舟の船頭が捕物の現場に行けないと分かり、残念そうな顔をした。

政吉の巧みな櫓さばきで海辺新田へと向かった。

大新地の赤い灯りが映る江戸の内海の縁《ふち》を猪牙舟がゆっくりと進み、行く手に唐人のジャンク船のような船影が見えてきた。

幹次郎が四郎兵衛らの乗る二艘の舟を探すと沖合をゆっくりと海辺新田へと向かっていた。

「身代わりの左吉さんをなんとしても無事に取り戻したいもので」

「左吉どのに深入りさせましたな、竜宝寺前の新堀川の苫舟に乗せられて四日目の夜を迎えております。奴らが左吉どのを生かしておることを祈るばかりです」

と答えながらも幹次郎は唐人船に夜嵐の参次と町野真一郎がいるといないとでは、抵抗の度合いが違うと覚悟した。

「まず五明楼はいちばん賑わう刻限《とき》です。楼の用心棒のふたりは大新地におりましょうな」

仙右衛門が幹次郎の危惧《きぐ》を察したように言った。

「そう願いたい」

無灯火のために闇に紛れた猪牙舟は唐人船の左舷側《げんそく》の舳先に迫った。政吉はいちばん人影がないのが船首部分と判断したのだろう。

近づくと船尾の櫓下で夕餉《ゆうげ》を食しながら酒でも呑んでいるのか、食べ物の匂いが海上に漂ってきた。

幹次郎は羽織を脱いで猪牙舟に残した。寒さに悴《かじか》まないように両手を擦《こす》り合わせて血の流れを保ってきた。

猪牙舟が唐人船の舳先に寄せられ、仙右衛門が碇を下ろした傍らに垂れていた麻縄を摑んで何度か引っ張り、強度を確かめた。

「わっしが先に」

と言い残した仙右衛門が麻縄に身を託《たく》してするすると唐人船の甲板《かんぱん》に上がり、幹次郎も続いた。

甲板には船具の他に積み荷が乱雑に積まれていた。長崎から娘を運んできたという唐人船には江戸で買い込んだ雑貨があれこれと積み込まれている様子があった。

仙右衛門が甲板の荷の陰を伝いながら船内に潜り込む出入り口を探していたが、不意に動きを止め、後ろから来る幹次郎に手で足元を指して教えた。

船内に空気を入れるために二尺四方の穴が開いて、船中へ縄梯子が垂らされていた。

仙右衛門が先に行くと仕草で幹次郎に伝え、甲板から姿を消した。

幹次郎は穴の傍に片膝をついて船尾甲板にいる水夫らの動きを注視しつつ、仙右衛門が船倉の底に下り立ったのを確かめ、自らも続いた。

船倉には古着か、菰包《こもづつ》みが積み込まれているのが有明《ありあけ》行灯のような小さな灯りで分かった。

船倉を調べる仙右衛門の動きが止まり、幹次郎が身を寄せると、

「人の気配がしませんか」

と囁いた。

さらに一段下の船倉からたしかに大勢の人が潜んでいる様子を異臭が伝えてきた。

「左吉さんひとりではないのか」

「さあて、どうでしょう」

仙右衛門が草履を脱ぐと後ろ帯に挟んだ。

幹次郎も見倣い、足袋跣になった。

積み荷の間を這うように進んだ仙右衛門が一層下の船倉への階段を探し当てた。

しばらく顔を穴に突っ込んで様子を見ていたが、

「当たって砕けろだ」

と言い残した仙右衛門は階段を下りていった。すると人の気配が不意に薄れた。

侵入者に気づいたか。

幹次郎も素早く階下に下りた。すると仙右衛門が立ち竦んで格子牢の中を見ていた。そこには恐怖に怯えた娘らが十数人、押し込められて、こちらをじいっと見ていた。

仙右衛門が口に指を当てて、しいっという仕草をして、

「おめえさん方、肥前長崎から連れてこられた娘さんかえ」

と小声で尋ねると、娘のひとりがこくりと頷いた。

「わっしらはそなたらの味方だ。いいな、騒ぐでない、今に助け出すでな」

最前頷いた娘が首を振って了解したと伝えた。

「船に閉じ込められているのはおまえさん方だけかえ」

娘が顔を横に振った。

「江戸の者だが男がひとり連れ込まれていないか」

娘の視線が格子牢の奥に向けられた。

「もうしばらく辛抱しねえ」

と言い残した仙右衛門と幹次郎は、うす暗い行灯が点る船倉を奥へと進んだ。

すると床にぼろ雑巾《ぞうきん》のように転がる人影があった。

「神守様、身代わりの左吉さんのようだ」

仙右衛門がしゃがむと手足を縛られた男を抱き起こした。するとざんばら髪が顔にへばりつき、片目が腫《は》れ上がって潰れかけた左吉がこちらに気づいたか、笑みが浮かんだ。手ひどい拷問を受けたことを左吉の体が物語っていた。

「左吉どの、迷惑をかけた」

「神守様、ドジを踏んでしまいました」

と苦笑いする左吉の縛《いまし》めを仙右衛門が匕首を抜いて、切った。

ふうっ
と安堵の息を吐いた左吉に、

「左吉さんを白昼強引に連れ去り、かような船に押し込めた理由はなんですね」

「番方、この唐人船まがいの船に辿り着いたんだ。五明楼が厄介の種とすでに承知ですね」

「長崎の南蛮楼と生駒屋荘左衛門こと荘経国と組んで、吉原の大楼を乗っ取ろうという話なら、浮世小路の百兵衛親分と手先から聞かされましたぜ」

「おとぼけの親分さんが一枚噛んでおりやすか、ならば話が早いや」

左吉は縛められていた手首を血が通うようにもう一方の手で揉んだ。

「そなたを駕籠ごと捕まえたのは夜嵐の参次、町野真一郎の双子兄弟ですね」

と幹次郎が尋ねた。

「調べが行き届いていらあ」

「荘経国一味は、この船を使って長崎から娘を大新地の五明楼に送り込んでいた。そいつを左吉さんに知られた。そこで慌てた双子兄弟が左吉さんを捕まえ、口を封じようとしたのでございますね」

「番方、まあ、そんなところだ。あいつらが慌てた理由はこの奥に隠されておりますよ」

「なんぞまだわっしらが知らないことがございますので」

仙右衛門が左吉の体を荷に寄りかからせると、さらに幹次郎とともに船倉を船首へと向かった。すると香の匂いともなんともつかぬ芳香《ほうこう》が漂ってきた。

荷物の陰から赤い灯りが漏れていた。

ふたりが回り込むと二台の寝台に紅毛人の娘がふたり無心に眠っていた。こんこんと眠る娘の長髪は金色に輝き、薄物が裸身に纏わりつく光景はなんとも蠱惑《こわく》的だった。それにしても壮絶なほどの美形の娘だった。

「これはいったい」

仙右衛門が呟き、ふたりのあとからよろよろと従ってきた身代わりの左吉が、

「南蛮人の遊女にございますよ。五明楼では楼の三階の格別な座敷で異人の遊女に金持ち客の相手をさせているんですよ、江戸には一夜何百両を払っても異人の女と寝床を一緒にしたいって遊び人はいくらもいますからね。一方、半年の約束で江戸に来る遊女たちにはかなりの額が支払われる。そして、ひと商いした半年後には、新たな異人の遊女に代わって船で長崎に連れ戻されるって仕組みなんで」

「この娘は半年の勤めを終えたってわけですね」

「いかにもさようにございますよ」

「なぜ眠らされているのです」

「事情は知りませんがね、楼座敷を出て船が沖に出るまで眠り薬を飲まされているんですよ」

「左吉どの、あちらの娘たちも長崎に連れ帰られるのでござろうか」

「いえね、あちらは反対に明日の出船前に船から下ろされて五明楼に移されるんですよ。唐人占いで商いを始めるには明日が吉日《きちじつ》だそうな」

「五明楼め、なんとも込み入った商いを始めたもんだぜ」

仙右衛門が呟き、

「神守様、この異人の遊女、どうします」

「われらには手に負えませぬな。浮世小路の親分が奉行所に使いを立てたそうな、そろそろ奉行所の面々が姿を見せてもいい。五明楼、唐人船の始末はそちらにお任せしようではないか」

「となるとこちらは左吉さんと長崎から連れてこられた娘たちを伴い、一刻も早く逃げ出しますか。まずは牢の鍵を開けねばなりませんぜ」

「番方、おれもこの船の中でただいたぶられていたわけじゃねえさ。ほれ、さんざんに殴られたとき、気を失うふりをして番人の腰に抱きつき、抜いておいた」

左吉が南蛮錠を開ける鍵を見せた。

「さすがは左吉どのだ」

「伊達に牢屋敷のもっそう飯を食っているわけではございませんでね。番人の動きをとっくりと観察していなければこの稼業では生き抜いていけませんや」

左吉が潰れた顔で自慢げに言ったものだ。

「よし、娘らを連れて脱出だ」

幹次郎のひと声で三人の男たちが動き出した。

格子牢の鍵を開けると娘たちを狭い船倉に連れ出し、まず幹次郎が左吉を連れて甲板に出ると四郎兵衛らの舟を呼び寄せることにした。

幹次郎が左吉を甲板まで上げて、舳先からこちらの動きを見張っている政吉船頭に合図を送ってふたたび猪牙舟を舳先に着けさせた。それを見ていた四郎兵衛らの二艘も迅速に動いた。

なんとか左吉を政吉船頭の猪牙舟に下ろし、娘たちを甲板にひとりずつ上げようとしたとき、幹次郎は殺気を感じた。

振り向くと帆柱の陰からひとつの影が姿を見せた。

着流しの首に紅絹の長布を巻きつけ、右手が懐に入れられた姿は、夜嵐の参次だった。

「なんだか夕暮れの頃合いから沖を舟がちょろちょろするんでな、船に戻ってみた」

と参次が言った。

船尾で酒を呑んでいた水夫たちが刀や槍を持ち出して参次の背後に並んだ。それを見た四郎兵衛らが舟を唐人船に横着けして浮世小路の百兵衛が年寄りとも思えぬ機敏な動きで甲板に飛び込んできた。

「深川大新地が商いできるのはお上のお目こぼしがあってのことだ。いささか過ぎた真似をしているようだな。この浮世小路の百兵衛が許さねえ！」

と啖呵が飛んで、水夫らと吉原会所の若い衆と百兵衛親分、季助らがぶつかり合い、騒ぎが始まった。

幹次郎は騒ぎをよそに訊いた。

「双子の片割れの町野真一郎はどうしたな」

ふっふっふ
と参次が笑った。

「おれがどうして弟と分かるな」

「参次ではないのか」

「双子のどちらが兄でどちらが弟なんてどうでもいいことよ」

「御天守番頭より妓楼の用心棒が稼ぎはいいか」

「そいつは吉原の裏同心がとくと承知ではないか」

甲板に長崎から連れてこられた娘のひとりが顔を覗かせた。

「しばし甲板に出てくるでない、辛抱せよ」

と幹次郎が命じて、

「参次、身代わりの左吉どのの働きで五明楼では楼の三階で南蛮女の遊女に商いをさせておることが判明した。そのような者が御免色里の大楼の主になれるものか」

「この世に金の力でできないことはない」

「夜嵐の参次、加門麻どののためにも死んでもらおう」

「おめえはやっぱり薄墨の情夫《いろ》かえ」

「吉原会所の用心棒は遊女の身を守るのが務めだ」

「利いた風な言葉を吐くねえ」

参次の懐手が動いて襟元から連発短筒の銃口が覗いた。

ふたりの間合はおよそ三間。

「薩摩示現流に田舎居合の眼志流の遣い手だそうな。南蛮渡来の飛び道具にどう立ち向かうな」

夜嵐の参次は幹次郎が小出刃を忍ばせていることを知らない様子だった。

「どうしたものか、思案の最中だ」

幹次郎は海に視線をやった。すると浮世小路の百兵衛親分のご注進を受けた南町奉行所の御用船が姿を見せて、唐人船に迫ろうとしていた。

「夜嵐の参次、いやさ、町野参次郎、年貢《ねんぐ》の納めどきだ」

参次の右手が襟元から悠然と突き出され、初期ペッパーボックス型リボルバー六連発試作銃の銃口が幹次郎を狙って右へわずかに回されようとした。

幹次郎が相手の右に体を流しつつ、抜き打ちの要領で右手の拳を腹前に翻して小出刃を抜き打つと大きな動きで手首を捻った。

紫光太夫直伝の出刃打ちだった。

瞬間、夜嵐の参次の顔に怪訝《けげん》な表情が走り、引き金を引いた。

ずずーん

と鈍い音がして三十六口径の銃弾が発射されて、幹次郎の左腕を掠《かす》めて飛び去った。

(しまった)

という表情を参次が見せた。

その直後、高い位置から投げ打たれた小出刃が参次の喉元に吸い込まれるように突き立った。

うっ

と立ち竦んだ参次が、

(騙されたか)

という驚きの顔で幹次郎を見ていたが、

ぐらり

と体が前屈《まえかが》みになって、必死で踏みとどまろうとした末に前のめりに崩れ落ちた。その直後、甲板に叩きつけられた反動で二発目の銃声が唐人船に響き渡った。

そして船縁を乗り越えて南町奉行所の与力同心小者たちが唐人船に飛び込んできた。

四

この師走、深川大新地に南町奉行池田《いけだ》長恵《ながしげ》の手が入った。

大きな手入れで五明楼には徹底的な探索がなされた。

だが、不思議なことにこの手入れは公になることなく密やかな調べが行われ、

そして楼には罰金五百両、

「商い停止《ちょうじ》半年」

の穏便《おんびん》な沙汰が下った。そして、五明楼に異人の遊女がいたという記載は仕置《しおき》済帳《すみちょう》のどこにもなかった。

それは五明楼で異人と閨をともにした客の中に幕閣の要職にある者が数人いて、五明楼のお目こぼしに彼らが素早く動いたせいだった。

また深川大新地の遊女の上玉七十人ほどが吉原に下げ渡され、吉原も半ば口を封じられてことが終わった。


幹次郎と汀女が柴田相庵の診療所の門を潜ったのは、仙右衛門とお芳の祝言を翌日に控えた午前のことだった。幹次郎は、汀女が見立てた江戸小紋の反物《たんもの》と角《つの》樽《だる》を提げていた。ふたりへの祝いの品だった。

敷地の中にある新居を訪ねると、仙右衛門がいて真新しい夜具を若い衆の手を借りて運び込んでいるところだった。

「番方、なんぞ手伝うことがございますかな」

と幹次郎が声をかけると、

「おや、神守様に汀女先生、所帯を持つということはなにかと面倒にございますな」

と渋面《じゅうめん》を作ってみせたが、その下から笑みがこぼれてきた。

「独り身の気楽はもはや望むべくもございませんぞ、番方」

「おや、幹どの、嫁様を迎えるのはさように窮屈《きゅうくつ》なことですか」

「姉様、そうは言っておらぬ。ただあれこれと情やら仕来たりが生じて、気軽な動きが封じられると申しておるだけだ」

「夫婦の間に情やら仕来たりが生じるのはお嫌にございますか、仙右衛門どの」

と汀女の矛先が亭主から番方に向けられた。

「汀女先生、わっしはただお芳と所帯を持つだけだ。それ以上のことは考えてもおりませんや」

仙右衛門が答えたところにお芳の声がした。

「あら、兄さん、そんな考えで私を嫁にするのですか。お芳は犬猫ではございません」

幹次郎らが振り向くと四郎兵衛と玉藻の親子、相庵、それにお芳が立っていた。四郎兵衛と玉藻も祝いに来たらしい。後ろに金次が大風呂敷を背に負って従っていた。

「お芳、犬猫を飼うつもりでおめえと所帯を持つ気など毛頭《もうとう》ないぞ。とはいえ、どんな気持ちになればよい」

「番方、明日の祝言を迎えれば自《おの》ずと心構えが生じてきましょうぞ」

幹次郎が仙右衛門に助け船を出し、

「番方、なにやかにやと周りから言われるときが花でな」

と四郎兵衛が笑った。

「わっしの周りにあれこれと有難い忠言を授けてくださる方々が大勢控えておられる。なにやら晒し者になった気分がせんでもない」

「番方、有難い忠言を授けるひとりにこの柴田相庵は入っておるのか」

「相庵先生はお芳の師匠にして主にして親代わり、なんとも厄介な御仁にございますよ。ともかく相庵先生、お手柔らかに願いますぜ」

「ふーん、それもこれも番方の行状次第だ。よいか、仙右衛門さんや、いい機会だ。お芳を嫁にする前に五箇条を伝えておこう」

「えっ、お芳と所帯を持つのに触れがございますので」

「おお、どこの夫婦にも約束ごとはあるでな」

仙右衛門が頭を抱えて、

「五箇条たあ、なんですね」

と問うた。

「一、浮気をしてはならぬ」

と相庵が大声で宣告した。

「まあね、祝言前から浮気をしますなんてのたまう亭主はおりますまい。へえ、一応承《うけたまわ》りました」

「兄さん、その返答は下心があるということですか」

「お芳、おめえまでおれを責めるか。ともかくさ、五箇条を先生、聞かせてくんな」

「まあ、おまえさんは吉原会所の番方だ、吉原で遊ぶことはない、その点は安心だ。じゃが、深川なんぞで異人の女とねんごろになってはいかぬ」

「先生、一から前に進まないぜ」

「よし、残りの四箇条を申し渡す。
二、給金は十日ごとにお芳に渡す」
「へえへえ」

「三、夫婦の間で隠しごとはならぬ。四、先祖の墓参りは小まめになせ」

「分かりました」

「最後の五つ目、子づくりに日夜励《はげ》め、これが夫婦和合《わごう》の極意五箇条よ」

「どれも有難くお聞きしました」

「番方、わしの話を聞き流してはおらぬか。ともかくだ、お芳を哀《かな》しませる真似だけはするでない」

「柴田相庵先生、わっしの手本は神守様と汀女先生だ。お芳とふたり、少しでも近づくように日々精進します。そんなところで勘弁してもらえませんかね」

と仙右衛門が願って、

「この夫婦が手本な、どうだ、お芳、それでよいか」

と相庵が娘同様のお芳に訊いた。

「先生、男衆にあれこれ注文してもあとで幻滅《げんめつ》するだけです。それより神守様と汀女先生を手本にするという兄さんの言葉をお芳は信じます」

「まあ、そんなとこかのう」

と相庵が得心し、全員で新居を見て回った。

柴田診療所からの帰路、四郎兵衛がふたりの腹心に言った。

「本日の昼見世のあとに大新地の女郎の下げ渡しが行われ、大門を潜る。こたびは七十余人と多い。各楼の希望に沿って振り分ける。番方、宜しく頼みましたぞ」

「へえ」

仙右衛門が畏まった。

江戸府内各所にある岡場所にお上の手が入るたびに官許の遊里の吉原が引き取ることになる。遊女が増えるのはよいが困った問題も生じた。

吉原は京の島原遊廓以来の格式やら仕来たりを遵守《じゅんしゅ》して、御免色里の権威を守ってきた。それが岡場所の摘発《てきはつ》のたびに女郎、飯盛女を吉原が受け入れるのは、「吉原の岡場所化」を招いた。ゆえに岡場所から下げ渡される遊女に一切目を向けない大見世もあった。

「こたび、四郎左衛門さんがふたりの女郎を受け入れられますでな、揉めごとはなかろうと思う。いつものように女郎は御用船で今戸橋に着きます」

「畏まりました」

と仙右衛門が返答し、

「お父つぁん、今晩は早めに番方を御用から解いてくださいな。独り身も今晩で終わり、なにかと始末もございましょうからな」

「玉藻さん、もう荷は新居に運んでございます。明日は朝風呂に入り、髪結床に立ち寄って並木町に行くだけだ。ともかく宜しくお願いします」

「番方、し忘れたことはないのね」

「う一ん、そう念押しされるとなにか忘れているような、いないような。そうだ、神守様、わっしらは下げ渡しの女郎の面倒に手を割かれておりますゆえ、廓内の警固をお願い申します」

仙右衛門が幹次郎に願った。

夜嵐の参次の双子の片割れ町野真一郎がまだ捕まっていなかった。海辺新田の唐人船の戦いで弟の参次は幹次郎の小出刃を受けて死んでいた。強い絆で結ばれた真一郎は、弟が複雑な感情を寄せていた薄墨太夫になにか企てようとするか、あるいは参次を始末した神守幹次郎を襲い、仇を討とうとするか、考えられないことではなかった。

仙右衛門はそのことを気にしていたのだ。

「相分かった」

と幹次郎は仙右衛門の頼みを受けた。

と同時に仙台坂の伊達家下屋敷から逃げ出した魑魅魍魎の存在を幹次郎は気にかけていた。

信州の山の中に棲息していた妖怪は、杣の元九郎の巨体に潜んで江戸相撲の力士らを手玉に取ろうとした。だが、幹次郎との真剣勝負に打ち負かされた妖怪は元九郎の体から抜け出して、どこかに行方を暗《くら》ましていた。

あの日以来、気配をみせていない。ということは故郷の信州の山奥に飛び帰ったということも考えられた。

御免色里の吉原に次から次へと難題が襲いかかっていた。それは遊里の吉原が江戸文化の一翼《いちよく》を担い、ここで莫大な金が動いていることを意味した。

仙右衛門と玉藻と汀女の三人は山谷堀に架かる土橋の上で四郎兵衛と幹次郎と別れ、今戸橋に向かった。仙右衛門は、下げ渡しの女郎が御用船を下りる今戸橋に行き、玉藻と汀女は並木町の料理茶屋山口巴屋に向かうのだ。

「今年も半月足らずで終わりです」

と四郎兵衛が言い出した。

「恙《つつが》なく新玉《あらたま》の年を迎えたいものにござる」

「師走に来て、吉原の楼で賑わいをみせておるのは京二の桜花楼だけですよ。張見世に五人組桜姫なる若い遊女を立たせて、三味線を弾いたり太鼓を叩いたり、薄物の足を跳ね上げて尻を振り、客を呼ぶ。上方修業の栄太郎さんの商いがぴたりと嵌まりましたな」

四郎兵衛が廓の中で勃興《ぼっこう》する新勢力について触れた。

「周りの楼はやきもきしておりましょうな」

「松福楼などいつまであのような商いをさせておくのだと毎日注文をつけてこられます。私としてはしばらく様子を見るのも策かなと考えておるのですがな」

桜花楼の新機軸は当たり、連日客を集めていた。だが、この新商いもまた下げ渡しの女郎たちの存在が吉原を岡場所化するように、吉原の雰囲気と伝統を薄めることであった。

「七代目、心労の種は尽きませぬな」

五十間道の両脇の外茶屋や食いもの屋は正月を迎える大掃除に精を出していた。

「押し詰まりましたな、七代目」

「おや、八百源《やおげん》の番頭さん、煤払いですか、ご苦労さんです」

四郎兵衛に左右の店から男衆や女衆が声をかけ、四郎兵衛がそれらに一々応じながら大門を潜った。すると面番所の村崎同心が、

「明日は番方の祝言じゃな、われらに招きがないのは理由があってのことか」

と詰問してきた。

「村崎様、番方とお芳さんのたっての願いで内々で済ますことになりましたのでな。祝言を終えたあと、面番所にはご挨拶に行かせますでな、お許しくだされ」

「七代目にそう言われると致し方もないが、大門を挟んでの長い付き合いではないか。祝いのひとつもやらねばなるまいと考えておったところだ」

「お気持ちだけ頂戴しますよ、村崎様」

四郎兵衛が村崎同心の心にもない言葉をあっさりと躱して会所の敷居を跨いだ。

すると上がり框に三人の武家がいて、茶を喫していた。

「おや、戻ってこられた」

津島傳兵衛道場の師範花村栄三郎が幹次郎の顔を見て、ほっとした様子を見せた。傍らから立ち上がったのは津島道場の門弟前川卯之助と重田勝也だ。

「師範、ようお出でなされました。昼遊びにございますか」

「神守どの、ほれ、いつかの話じゃ。前川が神守幹次郎の強さの秘密は吉原にありということで、そなたの御用に従い、廓内修行をなすという約定をお忘れか」

「未だあの戯言を覚えておいででしたか」

「それがしは忘れておったがこの両人がやいのやいのとうるさいでな。いささか迷惑とは存ずるが、ちょっとの間、会所の奉公人にしてくれぬか」

と花村が頭を下げた。

卯之助と勝也が深々と腰を折って幹次郎に願った。

話の経緯を興味深げに聞いていた四郎兵衛に幹次郎がふたりの望みと出自を告げると、

「前川卯之助様は御三家尾張のご家臣ですと。家中で差し障りがございませぬか」

と首を捻った。

「頭取どの、それがしの上役の許しは取ってござる」

卯之助が固い決心を披瀝《ひれき》した。

うーむ、と唸った四郎兵衛が、

「とは申されてもその形ではな。どうです、会所の若い衆の半纏姿ができますか」

「むろん神守様に同道できるのならどのような恰好でもする」

と卯之助と勝也が応じて、

「ともかく今日一日、この者たちの願いを聞き届けてくれぬか」

と言い置いて、花村師範が会所からそそくさと出ていった。

残されたふたりに小頭の長吉が髪結を呼んで町人風に変え、縞木綿の着流しに会所の名入りの長半纏を着せると卯之助、勝也の若い衆が誕生した。

このふたりを連れた幹次郎が廓内の見廻りに出たのは昼見世が終わった刻限だ。幹次郎は昼見世が終わってどこか弛緩した空気が漂う仲之町から五丁町を巡り、見廻りを続けた。

「卯之助さん、かような刻限に吉原をそぞろ歩いたことはございません。なんだか気抜けしていますね」

「それがしも初めてだ。もう少し華やかと思ったがな」

とふたりは勝手なことを言い合った。

三人は水道尻の火の番小屋に立ち寄り、引手茶屋の恵比寿屋《えびすや》の脇から九郎助《くろすけ》稲荷に向かった。

師走のこと、日が暮れるのが早い。そのせいか妓楼の張見世に遊女の姿はないが行灯の灯りが入って、艶っぽい雰囲気が醸し出された。

「いいな、これこれ、こうこなくちゃ」

若い重田勝也は吉原修行がなんたるか忘れて言った。

「神守様の務めはかように退屈《たいくつ》なものですか」

「務めというものは城務めもお店奉公もおしなべて退屈なものにございましょう。じゃが、それに油断しておると大きく足を掬《すく》われます」

九郎助稲荷前の木戸を潜り、羅生門《らしょうもん》河岸《がし》に入った。すると急に暗くなり、暮らしの臭いが三人を襲ってきた。

「なんだ、これは」

「表通りだけが吉原ではございませんでな」

「ここも遊女が商いをしているのですか」

卯之助が幹次郎に訊いた。

「局見世にございまして、むろん女郎衆が控えております」

と説明した幹次郎はふたりを後ろに従え、羅生門河岸を進み始めた。すると、

間口四尺五寸（約百三十六センチ）の局見世の中から、

「おや、神守の旦那、遊んでいかないかえ」

としわがれ声が誘いをかけてきた。

「お菊《きく》さん、見習いの若い衆を連れての見廻りだ。またにしよう」

「なにっ、会所に見習いが入ったか。どれ、面を見せてごらんよ」

羅生門河岸の主と呼ばれるお菊がしわくちゃの顔を突き出すと卯之助も勝也も愕然《がくぜん》として身を竦ませた。

「ふーむ、あまっちょろい顔だね。どうだい、お菊の乳をすわぶっていくかい」

「いえ、そ、それがしはご、御免こうむります」

と勝也が先に逃げ出したが左右の戸口から手が伸びてきて中へ引っ張り込もうとした。

羅生門河岸風の歓待を受けたふたりは、京二の木戸口で青い顔をして幹次郎が来るのを待ち受けていた。

「驚きました」

卯之助が正直な気持ちを吐露した。吉原の局見世を承知という勝也も苦い表情だった。

「吉原には光もあれば闇もある。それで成り立つのが御免色里の吉原にございますでな」

京町二丁目の真ん中辺りからじゃがじゃがと賑やかな調べが流れてきて、ふたりがほっとした表情で木戸を潜り、五丁町に戻った。

賑やかな調べは桜花楼だ。

張見世の前に人だかりがしていたが、以前の勢いはないように思われた。

卯之助と勝也が救われたような顔つきで格子前に寄った。

「おお、これはよい」

張見世の中で五人の若い娘が三味線や太鼓や鉦《かね》を鳴らして踊っていた。

幹次郎はふたりに張見世は任せて、暖簾の陰に立つ番頭の杉蔵に寄った。どことなく以前の生気《せいき》がない。

「相変わらずの盛況じゃな」

「会所の裏同心の旦那か。この趣向も飽きられたかね、師走になった途端、格子の前に寄りつくのは素見ばかり、座敷に上がる客がめっきりと減ってねえ。なんぞ新しい催しを工夫しなければ年が越せませんよ」

とぼやいた。

「商いは山あり谷ありでござろう」

「へん、肚《はら》の中で笑っておられよう、神守の旦那」

と嫌味を言う杉蔵と別れて、

「見廻りに戻りますぞ」

とふたりに声をかけた幹次郎は仲之町へと向かった。するとどこからともなく清掻の調べが流れてきて、京町一丁目の角の大楼の三浦屋から男衆や女衆、禿に振袖新造、番頭新造が出てきた。

花魁道中をなして七軒茶屋に客を迎えに行く仕度が始まったのだ。

定紋入りの箱提灯は道中の主が薄墨太夫であることを示していた。

「おっ、花魁道中だ。これこれ、こうでなくては吉原ではないぞ」

と勝也が一段と大きな声を張り上げた。

幹次郎は三浦屋の入り口で道中を組む遊女たちの中に禿の小花がいるのを認めた。小花も幹次郎に気づいたようで、花簪に飾られた頭をこくりと下げた。

幹次郎も会釈を返した。

黒塗り畳付き、六寸（約十八センチ）の高さの下駄を履いて、胸前に帯を締めた薄墨が外八文字《そとはちもんじ》で姿を見せた。

「三浦屋の薄墨太夫か、吉原一の太夫というが艶《あで》やかだ」

と感に堪えたような声を漏らしたのは前川卯之助だ。

仲之町を挟んだ向こう側で道中行列が組まれた。

男衆の持つ鉄棒が、ちゃりんと鳴った。

大きな長柄傘《ながえがさ》が薄墨の頭上に差しかけられ、太夫が前を向いた。

その瞬間、薄墨が幹次郎を認めて、嫣然とした笑みの顔で会釈した。小花を助けた礼だろう。

「おい、それがしに向かって太夫が笑みを送ってきたぞ」

「卯之助さん、それがしに対してですよ」

ふたりが言い合う鼻先で異変が起こった。

着流しに一文字笠を被った侍が薄墨の行く手に立ち塞がった。

(町野真一郎だ)

幹次郎も仲之町に出て、

「町野真一郎どの、そなたの相手はそれがしだ」

元直参旗本三百七十石御天守番頭の町野真一郎が、
くるり

と幹次郎に向き直ると、

「やはりおぬしが加門麻の周りには従っておるか」

と呟いた。

「それがしの務めにございましてな」

「弟の惚れた女を弟のおるあの世に送ってやろうと思うてな」

「弟思いは感心にございますがな。薄墨太夫はそなたら兄弟の持ち物ではございません、吉原の華にございますよ」

「ぬかせ」

と吐き捨てた真一郎が黒塗の鞘から剣を抜いた。

わあっ！

花魁道中を見物していた客の間から驚きの声が上がった。

幹次郎が薄墨太夫に視線を向けて、

「花魁、しばしお待たせ申す」

と断わった。

「神守幹次郎様、存分に」

一瞬、加門麻に戻った声が応じた。

幹次郎は首肯するすると自ら間合をするすると詰めた。

「尾張柳生新陰流の腕前、拝見しよう」

町野真一郎は正眼の構えを取った。なかなか堂々とした構えで、麴町界隈で聞いた真一郎の評判は嘘ではなかった。

幹次郎は眼志流の居合の構えで応じた。

右手の拳がだらりと垂れて、左手が鞘と鍔に軽く触れていた。

睨み合いが数瞬続いた。

「とりゃっ」

という気合いが真一郎の口を吐《つ》き、流れるように踏み込んできながら正眼の剣が幹次郎の首筋に伸ばされた。

後《ご》の先《せん》。

幹次郎は相手の動きを見て動いた。

拳が和泉守藤原兼定の柄に掛かるともう一方の手が鍔を押し出すように弾き、刃が一条の光に変じて真一郎の胴に流れた。

首筋と胴。

寸毫《すんごう》の差で制したのは幹次郎の刃だった。兼定の刃に乗せられた町野真一郎の

体が横手に吹っ飛び、

どさり

と仲之町に転がった。

血振りをして兼定を鞘に納めた幹次郎は羽織を脱ぐと真一郎の痙攣する体の上にかけた。

「薄墨太夫の花魁道中にございます」

男衆の声が京町一丁目の角に響き、止まっていた吉原の時が動き始めた。

黄昏《たそがれ》を　外八文字に　踏む師走

幹次郎の脳裏に駄句が浮かんだ。

二〇一一年十月　光文社文庫刊

光文社文庫

長編時代小説
愛《あい》　　憎《ぞう》　吉原《よしわら》裏《うら》同心《どうしん》⒂　決定版
著　者　佐《さ》　伯《えき》　泰《やす》　英《ひで》

2022年11月20日　初版1刷発行

発行者　鈴　木　広　和
印　刷　萩　原　印　刷
製　本　ナショナル製本

発行所　株式会社　光　文　社
〒112-8011　東京都文京区音羽1-16-6
電話 (03)5395-8149　編　集　部
8116　書籍販売部
8125　業　務　部

落丁本・乱丁本は業務部にご連絡くだされば、お取替えいたします。
ISBN978-4-334-79412-5　Printed in Japan

組版　萩原印刷